岩 波 文 庫

32-463-4

パ サ ー ジ ュ 論

(二)

ヴァルター・ベンヤミン著

今村仁司・三島憲一・大貫敦子・
高橋順一・塚原　史・細見和之・
村岡晋一・山本　尤・横張　誠・
與謝野文子・吉村和明 訳

岩 波 書 店

Walter Benjamin

DAS PASSAGEN-WERK

凡　例

一　本書は、Walter Benjamin, *Das Passagen-Werk*, Herausgegeben von Rolf Tiedemann, Suhrkamp Verlag, Frankfurt am Main, 1982(*Gesammelten Schriften*, Unter Mitwirkung von Theodor W. Adorno und Gershom Scholem のⅤ・1、Ⅴ・2と同一のテクスト)からの翻訳である。

一　各断片の末尾に使われている断片番号(例[A2, 1])は、ベンヤミン自身によるものである。ズールカンプ版ではベンヤミン自身の考えやコメントが記されている断片は文字が大きいが、本書ではその断片番号をボールド体にした。

一　■　■は、他のテーマもしくは新しいテーマへ移すことを考えてベンヤミン自身がつけたものである。したがって、現実には存在しない項目のことも多い(例■天候■)。

一　〈　〉は、原書の編纂者ロルフ・ティーデマンによる補いである。［　］および(　)はベンヤミン自身によるものである。

一　原文がイタリック体の箇所には傍点をつけた。

一　複数の著者や複数の刊行場所を表示する際には、／を使った。
一　翻訳者による注や補いは、〔　〕を使った。

＊本書は、二〇〇三年六月に岩波書店から刊行された『パサージュ論』全五巻(岩波現代文庫)の再録である。再録にあたっては、訳者が各巻二名ずつでドイツ語およびフランス語原文にあたり、訳文の全体を見直し、若干の修正を行った。また各巻にそれぞれ新たに解説を付した他、ベンヤミン及び各巻の主要人物の顔写真を掲載した。
岩波現代文庫版では、原書に付されていた編纂者ティーデマンの解説も訳してあるが、今回は煩瑣にわたるのと、本書についてすでにさまざまな著述があるなかで、この解説だけ特記する必要性も認められないので、省略した。

目次

凡例

覚え書および資料

H：蒐集家……11
I：室内、痕跡……39
J：ボードレール……83

解説（横張誠）521

『パサージュ論』全巻構成

＊は既刊

パサージュ論　第1巻　＊
概要〔Exposés〕
パリ――19世紀の首都〔ドイツ語草稿〕
パリ――19世紀の首都〔フランス語草稿〕
覚え書および資料
A：パサージュ、流行品店、流行品店店員
B：モード
C：太古のパリ、カタコンベ、取り壊し、パリの没落
D：倦怠、永遠回帰
E：オースマン式都市改造、バリケードの闘い
F：鉄骨建築
G：博覧会、広告、グランヴィル

パサージュ論　第2巻　＊
H：蒐集家
I：室内、痕跡
J：ボードレール

パサージュ論　第3巻
K：夢の街と夢の家、未来の夢、人間学的ニヒリズム、ユング
L：夢の家、博物館（美術館）、噴水のあるホール
M：遊歩者
N：認識論に関して、進歩の理論
O：売春、賭博
P：パリの街路
Q：パノラマ
R：鏡
S：絵画、ユーゲントシュティール、新しさ
T：さまざまな照明

パサージュ論　第4巻
U：サン＝シモン、鉄道
V：陰謀、同業職人組合
W：フーリエ
X：マルクス
Y：写真
Z：人形、からくり
a：社会運動

パサージュ論　第5巻
b：ドーミエ
d：文学史、ユゴー
g：株式市場、経済史
i：複製技術、リトグラフ
k：コミューン
l：セーヌ河、最古のパリ
m：無為
p：人間学的唯物論、宗派の歴史
r：理工科学校
初期の草稿
土星の輪あるいは鉄骨建築
『パサージュ論』に関連する書簡

パサージュ論（二）

覚え書および資料

ABCDEFGHI
JKLMNOPQR
STUVWXYZ
ab d g i
klm p r

H

蒐集家

「こうした骨董品はみな精神的価値を持っている。」

シャルル・ボードレール

「私は信ずる……私の魂を。大事な物のように。」

レオン・ドゥーベル『作品集』パリ、一九二九年、一九三ページここは、かつて万国博覧会でお目見えした神童たち、たとえば、なかに明かりがつくという特許つきトランクとか、一メートルほどもあるポケットナイフとか、時計の役目もすれば拳銃の役目もするという法的保証つきの傘の柄などとしてお目見えした神童たちの最後の宿であった。そして、壊れかけた巨大な創造物のかたわらには、半分まで作ってやめてしまった物が転がっている。われわれが狭くて暗い通路を抜けてゆくと、埃をかぶり、紐でくくられた本の束がありとあらゆる倒産の形跡を物語っている古本屋と、ボタン〔らでん製のボタンと、パリではまがいものと呼ばれるボタン〕だけしか扱っていない商店とのあいだに、ある種の居間らしきものがあった。絵や胸像でいっぱいの色あせた壁紙に、ガス灯が光を投げかけていた。その光を頼りに、一人の老婆が本を読んでいた。老婆は、まるで数年前からそこに一人でいたかのようであり、「金製であれ、鑞製であれ、壊れたものであれ」さまざまな義歯を手に入れたがっている。われわれはこの日以来、ミラクル博士が〔人形の〕オリンピアをつくる材料となった鑞〔オッフェンバック『ホフマン物語』参照〕をどこから取ってきたかも知るのである。■人形■

［H1, 1］

「群衆は、おたがいの姿が見えないパサージュ・ヴィヴィエンヌにはひしめきあっているが、おたがいがおそらくよく見え過ぎるためか、パサージュ・コルベールのほうはお見限りだ。いつだったたか、パサージュ内の円形の建物を毎晩中二階のガラス窓からかすかに漏れてくる響きのよい音楽で満たして、群衆を呼び戻そうとしたことがあった。ところが、群衆は入り口に鼻先を突っこむだけで、内部にまで入ろうとはしなかった。この新機軸には、自分たちの旧態依然たる習慣や娯楽に対する陰謀が隠されているのではないかと疑ったのである。」『百と一の書』X、パリ、一八三三年、五八ページ。一五年前にもW・ヴェルトハイム百貨店を救おうという似たような試みがなされたが、この試みもまた徒労に終わった。この百貨店を貫いている大きなパサージュで、何回かコンサートが催されたのである。 [H1, 2]

作家自身がおのれの作品について語っていることは、けっして信じるべきではない。ゾラは、自分の『テレーズ・ラカン』を敵意ある批評家から守ろうとして、その本は気質についての科学的研究であると説明した。つまり、彼にとって重要なのは、楽天的な気質と神経質な気質とが――いずれにとっても不幸な結果になるのだが――どのようにたがいに影響しあうかを、一つの実例に即して精密に展開することだったというのである。

こんな話を聞かされても、だれも満足できるはずはなかった。こんなことを言われても、その本には三文小説の特徴が認められるのはなぜかとか、そのストーリーが血なまぐさく、いかにも映画向きの残忍さがあるのはなぜかということの説明にはならないのである。このストーリーがあるパサージュを舞台に展開されているのは、いわれのないことではない。この本が実際ほんとうに何かを科学的に展開しているとすれば、それはパリのパサージュの死滅、ある建築様式の腐敗過程である。この本の雰囲気は、こうした腐敗過程の毒に満ちており、その登場人物たちは、この雰囲気のために死んでゆくのである。

[H1, 3]

一八九三年に、娼婦《ココット》たちがパサージュから追放された。

[H1, 4]

音楽はそれが没落したときにはじめて、つまり、機械音楽が流行したために楽団そのものがいわば流行遅れになりはじめたときにはじめて、これらの〔パサージュ〕空間に定着するようになったように思われる。だとすると、これらの楽団は、むしろ実際にはそこに逃れて身の安全を図ったと言えるだろう。（パサージュの「テアトロフォン〔オペラを会場から離れたところからも受信機で聞ける配信システム。初公開は一八八一年〕」は、いわばグラモフォン〔手回し蓄音機。グラモフォンの製造・販売会社グラモフォン・ベルリナーの設立は一八九五年〕の先駆けだったのである。）だが、いまではかろうじて、古風で上品ぶったコンサート、たとえば〔保養地〕モンテ＝カルロの楽団によるコンサートでしか聞けなくなっているとはいえ、パサージュの精神による音楽、つまり、パノラマ風音楽というものがあったのであり、たとえば、ダヴィッドのパノラマ風作品――『砂漠』『クリストファー・コロンブス』『ヘルクラーヌム』――などはそうである。六〇年代に（?）アラビアの政治代表団がパリにやってきたときに、『砂漠』をオペラ座の大ホールで（?）演奏して聞かせることができたことが、パリの人々にはとても誇らしく感じられたものだった。 [H1, 5]

「シネオラマ。直径四六メートルもある巨大な球体の大天球儀で、ここでサン＝サーンスの音楽が演奏されることになる。」ジュール・クラルティ『パリの生活、一九〇〇年』パリ、一九〇一年、六一ページ■ディオラマ■ [H1, 6]

この〔パサージュの〕内部空間は、しばしば時代遅れになりつつある商売に宿を提供するが、いままさにはやりの商売もまた、この空間にあっては、どことなく古びた雰囲気を帯びるようになる。それは探偵社と興信所の巣窟であり、これらの探偵社と興信所は、中二階のギャルリからの薄暗い光のもとで、過去の痕跡を追っている。美容院のショーウィンドーには、長い髪をした最新の女たち〔マネキン人形〕が見える。彼女たちは、「カールの取れない」豊かにウェーブさせた髪型、石のように固めた髪型をしている。彼女たちは、こうした建物から自分固有の世界をつくりあげた人々、つまり、ボードレールとオディロン・ルドン——ルドンの名前そのものは、あまりにみごとに巻き上げられたカールと同様消え去ってしまったのだが——に、小さな奉納額を捧げるはずだった。しかし、そうはならずに、彼女たちは見捨てられ、売り払われ、サロメの頭——そこで置き物台《コンソール》のことを夢見ているのがアンナ・チラークの防腐処理をほどこした頭でないとすれば——に取って代わられたのである。そして、彼女たちが石化しているあいだに、その頭上では壁の石組みがひび割れてしまった。ひび割れてしまったのはまた……。■鏡■　[H1a, 1]

蒐集において決定的なことは、事物がその本来のすべての機能から切り離されて、それと同じような事物と、考えうるかぎりもっとも緊密に関係するようになるということである。この関係は、有用性とはまっこうから対立するものであり、完全性という注目すべきカテゴリーに従っている。この「完全性」とはいったい何であろうか。それは、単なる客観的存在という事物のまったく非合理なあり方を、特別につくり上げられた新たな歴史的体系のうちに組み入れることによって、つまり蒐集することによって、克服しようとするすばらしい試みである。そして、真の蒐集家にとって、この体系のなかで一つ一つの物は、その時代、地域、産業や、その元の所有者に関するあらゆる知識を集成した百科全書となるのである。事物の各々を一つの魔圏のうちに封じ込めることこそ、蒐集家の行うもっとも深遠な魔法である。それというのも、最後のおののき(取得されるというおののき)がその上を駆け抜けるあいだに、事物の一つ一つは凝固してしまうからである。記憶され、思考され、意識されるすべてのものが、彼の所有物の土台となり、枠となり、台脚となり、錠となる。プラトンによれば事物の不変な原型が宿るとされるあの τόπος ὑπερουράνιος〔天上の場所〕は、ほかならぬこの蒐集家にはなじみがないなどと考えてはいけない。彼は我を忘れている。それはたしかである。だが、彼は一本の藁にすがってでも、ふたたび立ち上がるだけの力をもっているのであり、彼の感性を取りまいている霧の海から、彼がたったいま手に入れたばかりの蒐集品が一つの島のように浮かび上がってくるのである。――蒐集は、実践的な想起の一形式であり、「近さ」のさまざまの世俗的な顕現のなかでも、もっとも明快な顕現である。だとすれば、政治的な考察はどんなささいなものであれ、いわば骨董品の扱いにおいてこそ新次元を開くことになる。本書でわれわれは、前世紀のキッチュを目覚めさせ「集合」させる、一種の目覚まし時計を組み立てたいと思う。

［H1a, 2］

死に絶えた自然、つまり、パサージュの貝殻屋。ストリンドベリは「水先案内人の苦悩」のなかで、「明かりのついた商店の立ち並ぶあるパサージュ」の様子を伝えている。「それから彼は、さらにそのパサージュに入っていった。……そこにはありとあらゆる種類の商店があったが、カウンターの向こう側にもこちら側にも、人っ子ひとり見当らなかった。彼はしばらく歩いたのちに、さまざまな巻き貝がいっぱいに陳列された大きなショーウィンドーの前に立ち止まった。ドアが開いていたので、入ってみた。床から天井まで、地球上のさまざまな海から集められたあらゆる種類の巻き貝の貝殻でいっぱいだった。店内にはだれもいなかったが、タバコの煙が一つの輪のように宙を漂っていた。……そしてそれから、彼は青と白の長じゅうたんに沿って、ふたたび歩きはじめた。パサージュは一直線ではなく、幾重にも折れ曲がっているので、けっして終わりが見えなかった。次々に新たな商店が見えてくるのだが、人っ子ひとりおらず、商店主も見当たらなかった。」死に絶えてしまったパサージュの見渡しがたさが、特徴的な主題

となっている。ストリンドベリ『童話』ミュンヘン／ベルリン、一九一七年、五二―五三ページ、五九ページ　[H1a, 3]

どのようにして物がアレゴリーにまで高められるかを知るためにこそ、『悪の華』を吟味しなければならない。大文字の用法が注目されるべきである。　[H1a, 4]

ベルクソンは『物質と記憶』の結びにおいて、知覚は時間の一機能だという考えを展開している。われわれが、ある事物に対しては落ち着いて、だが他の事物に対しては性急にというふうに、違ったリズムで生きているとすれば、われわれにとって「恒常的なもの」は何もなく、すべてのものがわれわれの眼前で生起し、われわれの身にふりかかると言えるだろう。ところで、偉大な蒐集家にとって事物はまさしくそうしたものなのである。事物は彼の身にふりかかってくる。蒐集家が事物を待ち伏せし、その事物に出会う仕方や、新たに加わった蒐集物が他のあらゆる蒐集物に引き起こす変化、そうしたすべてが蒐集家に、彼の蒐集物が不断の流れのうちにあることを教える。本書では、パリのパサージュも、一人の蒐集家の手のうちにある所有物であるかのように考察される。（根本的に蒐集家は、一片の夢の生活を生きていると言えるだろう。というのも、夢のなかでもまた、知覚と体験のリズムは変化し、すべてのものが——一見きわめて当たり障りのないものでさえ——われわれにふりかかり、われわれを不意打ちするからである。パサージュを根本から理解するために、われわれはそれをもっとも深い夢の層に沈潜させ、それがわれわれにふりかかってきたかのように語ることにしよう。）　[H1a, 5]

「〔ハシッシュの吸引によって〕アレゴリーを理解する能力が、諸君の体内で諸君も知らなかったほど強いものとなる。ついでに言っておくと、アレゴリーというかくも精神的なジャンルを、不器用な画家たちのせいで、われわれは軽蔑する習慣が身についてしまっているが、これは、まさに詩の原初的でもっとも自然な形態の一つであり、陶酔によって啓示される知性において、その正当な支配力を取り戻すのである。」シャルル・ボードレール『人工天国』パリ、一九一七年、七三ページ。（ボードレールの念頭にあるのが実際にアレゴリーであって、象徴ではないということは、これに続く箇所からも疑問の余地なく明らかである。このくだりは、ハシッシュの章からの借用。）寓意家《アレゴリカー》としての蒐集家。　[H2, 1]

■ハシッシュ■

「『大革命期および総裁政府治下のフランス社会の歴史』の刊行は骨董品の時代の幕開

けとなった。――この〔骨董品という〕語に軽蔑的意図を見るべきではない。歴史的骨董品はかつて遺品と呼ばれていたのだ。」レミ・ド・グールモン『第二の仮面の書』パリ、一九二四年、二五九ページ。話題にされているのは、ゴンクール兄弟の著作である。［H2, 2］

事物をありありと現前させる真の方法は、それらの事物をわれわれの空間内において（われわれをそれらの空間内においてではなく）思い描くことである。（蒐集家はそうするし、逸話もまたそうする。）そのように思い描かれた事物は、「大いなる諸連関」からのいかなる媒介的な構成も許さない。偉大な過去の事物――シャルトルの大聖堂、ペストゥムの寺院――を注視するということも、ほんとうのところは（つまり、それがうまくゆくとすれば）、それらの事物をわれわれの空間において受け取ることである。われわれがそれらの事物に沈潜するのではない。それらの事物の方がわれわれの生活のなかに踏みこんでくるのである。［H2, 3］

蒐集物そのものが工場で生産されるようになってきたということは、根本的にはかなり奇妙な事実である。いつからそうなったのだろう。それを知ろうとすれば、一九世紀に蒐集を支配したさまざまな流行を究明しなければならないだろう。ビーダーマイアー時代にとって特徴的なのは、ティーカップ好みが病的にまで高まったことである——フランスにおいてもそうなのだろうか。「親も、子も、友人も、親戚も、上司も、部下も、ティーカップによって自分の気持ちを表わした。ティーカップは特に好まれた贈り物であり、もっとも人気のある室内装飾品であった。フリードリヒ・ヴィルヘルム三世がその執務室を、ピラミッドのように積み上げられた溢れるばかりの磁器のティーカップで満たしたように、市民もまたティーカップに託して、彼らの人生のもっとも重大な事件やもっとも価値ある時間の想い出を食器だなに蒐集したのである。」マックス・フォン・ベーン『一九世紀のモード』Ⅱ、ミュンヘン、一九〇七年、一三六ページ　[H2, 4]

所有物は触覚的なものに配され、視覚的なものにある意味で対立している。蒐集家とは、触覚的な本能をもった人間なのである。ところで、最近では、自然主義からの離反によって、一九世紀を支配していた視覚の優位は終わっている。■遊歩者■　遊歩者は視覚的で、蒐集家は触覚的である。　[H2, 5]

物質の失墜。それはつまり、商品がアレゴリーの地位にまで高められることである。商品の物神的性格とアレゴリー。　[H2, 6]

真の蒐集家は事物をその機能連関から解き放つ、ということを出発点にすることもできるだろう。だが、それは、蒐集家のこの奇妙な行動様式を汲み尽くしている見方ではない。というのもこれは基盤でしかなく、そのうえに、カントやショーペンハウアーが言う意味での「利害を離れた」観察なるものが築きあげられ、これによって蒐集家は、事物に対するある比類のない眼差しを獲得するのではないだろうか。この眼差しは、世俗的な所有者の眼差しが見る以上のもの、見る以外のものを目にするのであって、偉大な観相学者の眼差しと比較するのが一番ふさわしいような眼差しである。だが、蒐集家がどのように事物を扱うかは、これとは別の観察によってもっとはるかに鮮明に思い描いてみなくてはならない。つまり、蒐集家にとってはおのれの蒐集物の一つ一つのうちに世界が現前しており、しかも秩序づけられているという事実を知らねばならないのである。だが、秩序づけられているとはいっても、それは思いがけない、それどころか俗人には理解できないような連関に従った秩序である。この連関と、事物のごく普通の配列や分類との関係は、百科事典の配列と自然の配列との関係におおよそ相当する。〔これを理解するには〕すべての蒐集家にとってはその対象だけではなく、対象のすべての過去もまたきわめて重要だということだけでも思い起こしてみるとよい。対象のこの過去には、その成立や事物自体の品質に関することだけではなく、以前の所有者、購入価格や値打ちといった一見どうでもよいような歴史に属する細々した事柄も含まれている。真の蒐集家にとって、これらの「事物自体の」データやそれ以外のデータがすべて集まって、彼の所有物の一つ一つのなかで完全で魔術的な一つの百科全書を、一つの世界秩序をつくり上げ、その梗概が彼の蒐集物の運命となる。こうして、われわれはここで、つまり（蒐集という）この狭い領域において、偉大な観相学者（蒐集家は事物世界の観相学者なのだ）がどうして運命の解釈者となるのかを理解できるようになる。自分の陳列棚にある蒐集物を取り扱う蒐集家の様子に注目するだけでよい。彼は蒐集物を手に取るやいなや、それによって霊感に打たれたかのようであり、魔術師のように、その蒐集物を通してその将来を見通しているかのようである。（蔵書家を、おのれのコレクションをかならずしもその機能連関から切り離すことをしない唯一の蒐集家として研究してみることは、興味深いことだろう。）　［H2, 7; H2a, 1］

ヴォルフスケールの友人である大蒐集家パヒンガーは、葬り去られたものや零落したものから成っているという点で、ウィーンのフィクドル・コレクションにも匹敵しうるコレクションをつくり上げた。彼は、事物が実生活のなかでどうであるかにはもはやほとんど興味がない。彼は訪問客たちに、じつに古めかしい器具だけではなく、ハンカチや手鏡などの説明をする。ある日彼がシュタッフス広場を通りかかって、何かを拾うためにかがみこんだときの様子が伝えられている。それによれば、彼が何週間も探していたものが、つまり、ほんの二、三時間しか流通しなかった市街電車の乗車券の刷りそこないが、そこに落ちていたのである。

[H2a, 2]

蒐集家を擁護しようとすれば、次のような悪口を見過ごしてはなるまい。「吝嗇と老いは、とギー・パタンは指摘する、いつも仲が良い。蒐集することへの欲求は、個人の場合でも社会全体においても、死の徴候の一つである。麻痺の前段階期には、この欲求が強く現われるのが確認される。神経医学で「蒐集強迫症」と言われる蒐集癖もまた存在している。／ヘアピンのコレクションから「無用の紐」と記されたボール箱にいたるまで、ありとあらゆるものを蒐集するのである。」『七つの大罪』パリ、一九二九年、二六―二七ページ（ポール・モラン「吝嗇」）。だが、子どもたちに見られる蒐集をこれと比べてみよ。

[H2a, 3]

「骨董屋の店先に乱雑に投げ出されているこれら多量の風変わりな物を見なかったら、

私がこれほど夢中になってこの体験の考察に没頭したかどうかは疑わしい。これらの事物は、私があの子のことを思うときに繰り返し私の心に浮かんできたし、また、いわばあの子に分かちがたくまといついたので、あの小さな女の子のあり様を手に取るようにありありと私に示してくれたのだ。私は、空想をあえて働かせなくても、彼女の性格にはふさわしくなく、彼女の年齢の女の子が抱く願いからまったくかけ離れてもいるものすべてに取りまかれているネルの姿を思い描くことができた。こうした取りまきがなく、異常なものや不自然なものが何一つない、まったくありふれた部屋にいるあの子を思い浮かべなければならないとしたら、彼女の奇妙で孤独な生活が私に与える印象は、きっとはるかに乏しいものになっていたにちがいない。だが、私には、彼女が一種のアレゴリーのうちに生きているかのように思われたのである。」チャールズ・ディケンズ『骨董屋』ライプツィヒ、インゼル出版、一八―一九ページ　[H2a, 4]

ヴィーゼングルント〔＝アドルノ〕は、ある未発表のエッセイのなかでディケンズの『骨董屋』についてこう述べている。「「そこ〔骨董屋〕にはまだいくつかの小物、粗末な価値のないものがあって、彼女ならきっと喜んで買って帰ったであろうが――、それは不可能なことであった」というくだりには、ネルの死が暗示されている。……ディケンズは、見下され見捨てられたこの事物世界に移行と弁証法的救済の可能性そのものが宿っていることを知ったのであり、かつてロマン主義的な自然信仰がなしえたよりもはるかにそれを適切に表現している。それを表現するのは、工業都市の叙述を含む次のような貨幣の鮮烈なアレゴリーである。「……すり減り、すすけて黒くなった二枚の古いペニー硬貨があった。天使の眼には、それらが墓石に刻まれた金文字以上に燦然と輝いていないとだれが知ろう。」 [H2a, 5]

「たいていの蒐集家は、愛書家が古本屋をぶらつくように、運に導かれて彼らのコレクションを形成してゆく。……ティエール氏は別のやり方をした。自分のコレクションを集める前に、あらかじめ頭の中にそれをそっくりつくり上げておいたのである。まず計画を立て、この計画の実行に彼は三〇年を費やした。……ティエール氏は彼が手に入れたいと願ったものを手に入れる。……どういうことかというと、自分のまわりに世界の縮小模型を配置する、つまり、およそ八〇平方メートルほどの空間に、ローマとフィレンツェ、ポンペイとヴェネツィア、ドレスデンとハーグ、ヴァティカンとエスコリアル、大英博物館とエルミタージュ、アルハンブラと夏宮殿等々を収容するのである。……さてティエール氏は三〇年にわたって毎年少額の出費をするだけで、かくも壮大な発想を実現することができた。……自宅の壁の上になによりもまず彼自身の旅行のこのうえなく貴重な思い出を固定することを願って、ティエール氏は……もっとも有名な絵画の縮小模写を描かせたのだ。……こうして、彼の住まいに入ると、まず最初にレオ一〇世の世紀〔16世紀〕のイタリアに咲き誇った傑作に取り囲まれる。窓に面した仕切り壁には「最後の審判」が掲げられ、その両側には「聖体の論争」と「アテナイの学堂」が位置している。ティツィアーノの「聖母被昇天図」は、「聖ヒエロニムスの聖体拝領」と「キリスト変容図」にはさまれて暖炉の上部を飾っている。「サン＝シストの聖母」は「聖女チェチリア」と対をなし、窓間壁にはラファエッロの「巫女たち」が掛かり、その両側に「聖母の結婚」と「教皇グレゴリウス九世の教皇勅書の公布」がある。……これらの模写はほとんど同じ縮尺で縮小されているので……相対的にオリジナル作品の大きさを想像して楽しむことができる。模写は水彩画である。」シャルル・ブラン『ティエール氏の書斎』パリ、一八七一年、一六―一八ページ

[H3, 1]

「カジミール・ペリエはある日、名高い蒐集家の絵画ギャラリーを訪ねてこう言った。……「何もかも大変結構なものだが、結局眠っている資産というところですな。」……今日なら……カジミール・ペリエにこう答えることができるだろう、正真正銘の傑作絵

画や名匠の手の跡が認められるデッサンは、……経済的価値をもたらし、利潤を生むための眠りについているのだ、と……。R……氏の骨董品や絵画の競売は、才能ある作家の作品がオルレアン鉄道同様安全で、陸揚げ倉庫より少しばかり確実な価値があることを、数字によって証明した。」シャルル・ブラン『骨董趣味の至宝』Ⅱ、パリ、一八五八年、五七八ページ　[H3, 2]

蒐集家とは対立するが、有用であるという苦役からの事物の解放を実現するかぎりでは、同時に蒐集家の完成をも示しているような積極的なタイプは、マルクスの次の言葉によって示すことができるだろう。「私有財産がわれわれをあまりにも無能で怠惰にしてしまっているので、事物は、それをわれわれが所有するときに初めて、したがってわれわれにとって資本として存在するか、われわれによって使用されるかするときに初めて、われわれの物となるのである。」カール・マルクス『史的唯物論――初期著作集』Ⅰ、ランツフート／マイヤー編、ライプツィヒ、〈一九三二年〉、二九九ページ（『経済学と哲学』）　[H3a, 1]

「すべての肉体的・精神的な感覚に代わって、……これらすべての感覚の単純な疎外、つまり所有という感覚が現われてきた。（所有というカテゴリーについては、『スイスからの二一ボーゲン』誌のヘスの論文を参照せよ。）」カール・マルクス『史的唯物論——初期著作集』I、ライプツィヒ、三〇〇ページ（『経済学と哲学』）
[H3a, 2]

「私が事物に対して実践の点で人間的にかかわることができるのは、事物が人間に対して人間的にかかわる場合だけである。」カール・マルクス『史的唯物論——初期著作集』I、ライプツィヒ、三〇〇ページ（『経済学と哲学』）
[H3a, 3]

クリュニー美術館の基盤となっているアレクサンドル・ド・ソムラールのコレクション。
[H3a, 4]

クオドリベット〔異種の歌詞とメロディーを同時に歌うこっけいな歌曲〕は、蒐集家と遊歩者の素質のいくらかを合わせもっている。
[H3a, 5]

蒐集家は、太古の潜在的な所有のイメージを現在に呼び起こす。この所有のイメージは実際、次の発言が暗示しているようなタブーと連関していると言ってよいだろう。「タブーが所有権の原初的形態であることは……確実……である。はじめは情緒的で「率直な」やり方で、やがて日常的かつ合法的な手続きとして、タブーの設定は権利を構成することになった。ある物を専有することは、自分以外のすべての人間に対してそれを神聖で恐るべきものとすることであり、自分だけに「かかわる」ものとすることである。」N・ギューテルマン／H・ルフェーヴル『欺かれた意識』〈パリ、一九三六年〉、二二八ページ　[H3a, 6]

マルクスの『経済学と哲学』のくだり。「私有財産がわれわれをあまりに無能で怠惰にしてしまっているので、事物は、それをわれわれが所有するときに初めて、われわれの物となる。」「すべての肉体的・精神的な感覚に代わって、……これらすべての感覚の単純な疎外、つまり所有という感覚が現われてきた。」フーゴー・フィッシャー『カール・マルクスとその国家ならびに経済への関係』イエナ、一九三二年、六四ページに引用　[H3a, 7]

バルタザール・クラエス〔バルザック『絶対の探求』の主人公〕の先祖は、代々蒐集家だった。　[H3a, 8]

従兄ポンスのモデルは、ソムラール、ソヴァージョ、ジャカーズである。　[H3a, 9]

蒐集という行為の生理学的な側面は重要である。この行為を分析する際に見過ごしてならないのは、鳥が巣作りをするときに、この蒐集が明らかな生物学的機能を果たしているということである。ヴァザーリの『建築学概論』には、これを指摘した箇所があると言われている。パヴロフもまた蒐集に関心をいだいていたそうである。　[H4, 1]

ヴァザーリは――『建築学概論』においてであろうか――、「グロテスク」という概念は蒐集家が宝物をしまっておく洞窟《グロッテン》に由来すると主張しているそうである。　[H4, 2]

蒐集という行為は、勉学の原現象の一つである。つまり、学生は知識を蒐集する。

[H4, 3]

ホイジンガは、文学のジャンルとしての「遺言」について解説したおりに、中世の人間が自分たちの持ち物にどのようにかかわっていたかを説明している。「この文学形式を……理解できるのは、中世の人間は実際、おのれの所有物のどんなささいなものでさえ(!)、一つ一つに詳細な遺言書をつくることで、その所有物を意のままにするのが慣わしだったことを忘れない場合だけである。ある貧しい女性は、晴れ着と帽子を彼女の教区に、ベッドを名づけ子に遺贈し、一枚の毛皮のコートを自分を看護してくれた人に、普段着をある貧しい女に、彼女の財産であるトゥール貨四ルーブルと、さらに一枚の着物と帽子をフランチェスコ会修道士たちに遺贈した(シャンピオン『ヴィヨン』II、一八二ページ)。ここにもまた、どのような有徳も一つ一つを永遠の模範とし、どのような慣行のうちにも神の御心にかなった行いを見るような思考傾向の、まったく卑近な現われが認められるのではなかろうか。」J・ホイジンガ『中世の秋』ミュンヘン、一九二八年、三四六ページ。この注目すべき箇所において特に注意を惹くのは、動産に対するこうした関係は、たとえば規格化された大量生産の時代にはもはや可能ではないだろう、ということである。だとすれば、著者が暗示している論証形式、まさにスコラ哲学一般のある種の思考形式(相続された権威に依拠すること)は、生産形態と関連しているのではないか、という疑問がおのずと生じてくるはずである。事物が歴史のなかでどのようにして生じ、どのように存続してきたかを知ることによって事物を豊かにする蒐集家は、そうした事物とのあいだに(中世の人間の動産に対する関係と)似たような関係をつくりあげるが、それが、今では同じように古風な印象を与えるのである。 [H4, 4]

蒐集する者のもっとも秘められた動機は、おそらくこう表現することができるだろう。彼は分散に抵抗する戦いを引き受けるのだ、と。大蒐集家はもともとは、事物がこの世界のなかで混乱した状態や分散した状態にあることに感銘を受けているものである。バロック時代の人間の関心をあれほど惹きつけたのも、同じ光景だった。特に、寓意家《アレゴリカー》の世界像は、こうした光景によって激しい衝撃を受けたと考えないでは説明のつくものではない。寓意家は、いわば蒐集家の対極をなしている。寓意家は、たとえばその事物が何と類似しており、何と共属関係にあるかの追究によってその事物を解明することを放棄してしまう。彼は、事物をその連関から切り離し、それらの意味を解明することをはじめからおのれの沈思にゆだねる。それに対して、蒐集家は、たがいに共属しあうものを一つにする。彼にそれができるのは、事物の類似性や、それらの時代的順序などを明らかにすることによってである。だが、それにもかかわらず、――たとえ両者のあいだにどのような違いがあるにせよ、これこそはそうしたすべてにも増して重要なことなのだが――、すべての蒐集家のうちには一人の寓意家がいるし、どのような寓意家のうちにも一人の蒐集家がいるのである。蒐集家について言えば、彼の蒐集はけっして完全ではない。そして、彼にただ一片でも欠けていれば、彼が蒐集してきたすべてのものは、やはりつぎはぎ細工、アレゴリーにとって事物がはじめからまさしくそうであるつぎはぎ細工にとどまるのである。他方、寓意家にとって事物とは、その意味を事情に通じた者にだけ明かしてくれるような秘密の辞典の見出し語でしかないので、彼はどんなに事物を集めてもけっして満足しきることはないだろう。というのも、意味とはいかなる種類の反省によっても予見されえず、沈思によってそれぞれの事物から返還要求されうるものであってみれば、それだけにますます、ある事物が他の事物を代理することもありえないからである。［H4a, 1］

蒐集家としての、動物（鳥、アリ）、子ども、老人。［H4a, 2］

一種の生産的な無秩序は、「非意志的な記憶」のカノンであると同様、蒐集家のカノンでもある。「それに私の人生もすでにかなり長くなっていたので、私は、生涯私が会った幾人かの人々を、思い出の逆の領域で別の人物が補足していることがわかったのだった。……同じようにして、美術愛好家は、祭壇背後の衝立三枚画《レタ ーブル》の翼部の一枚を見せられると、残りがどこの教会、どこの美術館、どこの個人所蔵品に散逸しているかを思い出すのだ。（そうした愛好家はまた、競売カタログをめくったり骨董品店にかよったりしながら、ついに自分が所有するものの片方を見つけ、それで一対にするような具合に、その衝立て下部の装飾画《プレデラ》や祭壇全体を頭のなかで再構成することができる。)」マルセル・プルースト『見出された時』Ⅱ、パリ、一五八ページ。それに対して、意志的な記憶は、事物に整理番号をつける記録保管室のようなものである。その際、事物はその整理番号の背後で消えてしまう。「どうやらわれわれは、そこにいたわけである。」(「私にとってそれは一つの体験だった。」) アレゴリー的な小道具(断片的なもの)の分散的な性格が、そうした創造的な無秩序とどのような関係にあるかを、さらに研究してみなくてはならない。

［H5, 1］

I

室内、痕跡

「一八三〇年に、ロマン主義は文学を制覇した。それは建築にも浸透し、ほとんどの場合、装飾用厚紙を貼りつけただけの珍妙なゴシック様式で建物の正面を飾り立てた。高級家具製造でもロマン主義が幅をきかせていた。一八三四年の博覧会の報告者はこう言っている。「突然、人々は、奇妙な形をした調度品の数々に対する熱狂に捉えられた。それらは、古い城、古びた家具置場、古物倉庫から引っぱり出されてきて、他の点ではどう見ても現代風であるサロンを飾り立てるために使われたのだ……。」家具製造業者たちはこうした風潮からヒントを得て、家具に「尖頭アーチや石おとし」をふんだんに取り付けた。一三世紀の要塞のように銃眼が付いたベッドや洋服箪笥が見られた。」E・ルヴァスール、前掲書〈『一七八九年から一八七〇年までのフランスにおける労働諸階級と産業の歴史』パリ、一九〇四年〉、Ⅱ、二〇六―二〇七ページ　[I1, 1]

ベーネは、騎士風箪笥について言及した際に、次のような巧みな所見を述べている。「家具〔Mobiliar〕は明らかに不動産〔Immobiliar〕から生まれた」と。さらにベーネは、騎士風箪笥を「中世の城砦」と比較してこう述べている。「城砦は巨大な外堡として壁や土塁や濠を幾重にも周囲に張りめぐらせて、ほんの小さな居住区を囲い込んでいくが、この箪笥にあっても、引き出しや収納箱の中味は、巨大な外堡に押し潰されている。」アドルフ・ベーネ『新しい住まい――新しい建築』ライプツィヒ、一九二七年、五九、六一―六二ページ [II, 2]

不動産とならぶ家具の重要性。ここでわれわれが果たすべき仕事は、ほんの少しだけ簡単である。時代遅れとなった事物の心臓部に分け入り、月並みなものの輪郭を判じ絵として解読し、鬱蒼とした森の内奥から隠された「ヴィルヘルム・テル」を探し出すこと、または「花嫁はどこだ」という問いに答えることは、比較的簡単である。精神分析は、判じ絵が夢解釈の依拠すべき図式であることを、とっくに発見している。しかし、われわれがこのような精神分析の確信を抱いて探求するのは、心ではなく、事物である。われわれは、諸々の事物からなるトーテム・ポールを、根源の歴史〔Urgeschichte〕の茂みのなかから探し出すのだ。このトーテム・ポールの一番上にくる最後の渋面は、キッチュである。 [II, 3]

ポーにおける家具への取り組み。集団の夢からの覚醒を求めての格闘。 [II, 4]

室内《インテリア》がガス灯からどのように自衛していたか。「ほとんどすべての新築の建物には今日ではガス灯が据えつけられているが、各戸内ではまだ市民権をもっていない。それは中庭や階段には取りつけられているとしても、居間には受け入れられない。ガス灯は控えの間とか、ときには食堂までは許されるが、人が私に教えてくれた唯一の動機であるが、これはまったく聞くに値しない。なぜか？　壁布を色あせさせるからだ。これはまったく聞くに値しない。」デュ・カン『パリ』V、三〇九ページ　[I1, 5]

ヘッセルは、「夢見心地な悪趣味の時代」という言い方をしている。たしかにこの時代はまったく夢に合わせて作られており、夢をもとにして家具調度がしつらえられていた。ゴシック風、ペルシャ風、ルネサンス風などさまざまに様式が交代した。つまり、市民風の食堂の室内にはチェーザレ・ボルジアの宴の間が入り込んできて、婦人の居室《ブドワール》からはゴシックの聖堂がたち現われ、主人の書斎は虹色に輝きながらペルシャの首長の居室へと姿を変える、という具合である。このような形象をわれわれの目に焼き付けている《ビルト》モンタージュ写真は、こうした世代のもっとも基本的な感覚形式に対応している。このような感覚形式が息づいていたもろもろの形象は、ゆっくりとではあるにせよ、それか

ら切り離され、宣伝の諸形態《フィグーア》となって、広告、貼り紙、ポスターなどに現われるようになった。 [II, 6]

一八〈……〉年頃のある石版画シリーズには、カーテンのかかった薄暗い部屋のなかで、背のないトルコ風のソファになまめかしく横になっている女性たちが描かれている。こうした絵には「タホ河のほとりで」「ネヴァ河のほとりで」「セーヌのほとりで」などのタイトルが記されていた。グァダルキビル、ローヌ、ライン、アーレ、テムズなどの河も出てくる。こうした女性たちが民族衣装で区別されていたとは思えない。これらの女性の絵の下にある「題」は、描かれている室内空間の上に、風景の幻想イメージを魔術的に浮かび上がらせようとするものだった。 [II, 7]

次のようなサロンのイメージを与えること。そのサロンのフレアのついたカーテンと膨らんだクッションにまず眼がいき、来訪客の目には、その等身大の姿見が教会の正面入り口に見え、二人用ソファはゴンドラに見え、また、サロンにはガラスの球からガス灯が月のように射しこんでいる。 [II, 8]

「われわれはこれまで一度も現われたことのないものを見た。決して一緒にすることができないと思われていた類いの組み合わせが現われたのだ。第一帝政あるいは王政復古様式の帽子とルイ一五世様式のジャケット、総裁政府時代の婦人用ドレスと高い踵の深靴との取り合わせ。――さらには、ハイウエストのドレスにローウエストの細身のロングコートを重ね着すること。」ジョン・グラン＝カルトレ『装いのおしゃれ』パリ、XVIページ

[I1a, 1]

鉄道創成期のさまざまな客車の名前。ベルリーヌ〔ベルリン馬車〕（無蓋と有蓋）、ディリジャンス〔乗合馬車〕、ヴァゴン・ガルニ〔家具付き客車〕、ヴァゴン・ノン・ガルニ〔家具なし客車〕。■鉄骨建築■

[I1a, 2]

「今年は例年より春の訪れも早く美しかったので、この地にそもそも冬が来るのか、暖炉がきれいな置時計や燭台をその上に置く以外の目的を持つのかを、もうほとんど思い出せないほどだ。こうした置時計や燭台は周知のようにパリでは部屋にはなくてはならないものである。というのも真のパリ人ならば、毎日の食事を一皿減らしてでも、「暖炉の飾り」を手に入れようとするものだからである。」『現代パリの生態』全四巻、ケルン、

一八六三—六六年、第二巻、三六九ページ(「帝政期の家族像」)

敷居の魔力。鉄道、ビアホール、テニスコート、行楽地のそれぞれの入り口には種々のペナーテス〔食料戸棚の守り神〕がいる。プラリーヌ菓子入りの金の卵を生む鶏、われわれの名前を打刻する自動機械、ギャンブル機械、占い機械、なによりも体重測定機といった、デルフォイの神託「汝自身を知れ《グノーティ・セアウトン》」の現代版が、敷居を守っているのだ。注目すべきことに、これらは都会では流行らないのに、——郊外の行楽地やビアガーデンではなくてはならないものとなっている。それで日曜の午後の旅の訪問先は、これらの行楽地やビアガーデン、郊外の緑地だけでなく、こうした秘密に満ちた敷居でもある。しかしまたこれと同じ魔力は、もちろん市民の住居の室内《インテリア》でも、もっと隠れた形で力をおよぼしている。敷居の両脇に置かれた椅子、ドア枠を取り囲むように貼られた写真などは、おちぶれた家神であり、こうした神々が鎮めるべき暴力は、今日でも、玄関のチャイムの音とともにわれわれの心臓を射抜くような暴力である。この暴力に抵抗してみるがよい。住居にいるときに、チャイムがしつこく鳴っても出ないようにするということだけでも、試みてみるがよい。そうすれば、悪魔払いの儀式と同様、それがいかに難しいかに気がつくだろう。すべての魔術的なものと同様に、こうしたものも、そうこうするうちに、ポルノグラフィーという姿で、性的なものになり下がった。一八三〇年頃のパリでは、位置のずらせるドアや窓がついている猥褻な石版画がもてはやされた。それはニユマ・バサジェの「一般に扉と窓つきと言われている版画」だった。

[I1a, 4]

夢見心地の、あるいはオリエント風ともいえるような室内《インテリア》。「ここではすべてのものが突然の幸福を夢見ており、平和で勤勉な時代ならば人生の全精力を注いで得られるであろうものを、一気に獲得しようと望んでいる。作家たちの創作は、家庭的な生活が突然にして一変する話に溢れている。そのどれもが、侯爵夫人やお姫さまや、千夜一夜物語の奇跡に夢中になっている。これは国民全体を襲った一種の阿片の陶酔である。この点に関しては文学よりも、産業の方がはるかに多くのものを駄目にした。産業は株式詐欺を生み出し、人が人為的な欲望の対象にしたがるおよそ可能なあらゆる事物の搾取を、……そして配当を生み出した。」グツコウ『パリからの手紙』I、〈ライプツィヒ、一八四二年〉、九三ページ

[I1a, 5]

「芸術がアンティミスム〔室内、生物、日常風景のような親しみやすい題材を描く態度〕を追求している間に、……産業は邁進する。」オクターヴ・ミルボー『フィガロ』紙、一八八九年

(『建築百科事典』一八八九年、九二ページを参照) [I1a, 6]

一八六七年の博覧会について。「何キロも続くこの高層の展示館《ギャルリ》は、文句なしに巨大である。展示館は機械の騒音に満ちていた。忘れてならないのは、この博覧会で特に有名であった祝典に際しては、まだ八頭立ての馬車で人々がやってきたことである。二五メートルの高さの展示館では、当時の住居の部屋と同じように、家具のようなものを置くことによって小さく見えるようにし、構造物の硬い印象を和らげるよう試みられた。その建物自体の巨大さに対して人々は不安感を抱いたのである。」ジークフリート・ギーディオン『フランスにおける建築』〈ライプツィヒ/ベルリン、一九二八年〉、四三ページ [I1a, 7]

ブルジョワジーの下では、都市にもまた家具と同様に、要塞的性格が残っている。「要塞都市はこれまで、いつも都市計画を麻痺させる束縛であった。」ル・コルビュジエ『都市計画』パリ、〈一九二五年〉、二四九ページ [I1a, 8]

家と簞笥のあいだに大昔からある相応関係は、簞笥の扉に丸い窓ガラスが嵌め込まれるようになると、あらたなヴァリエーションを獲得することになった。いつからだろうか？　フランスでもこうしたことがあったのだろうか？

[I1a, 9]

同時代の人たちの幻想のなかで市民的パシャ〔パシャはトルコ・エジプトで高官に与えられた称号〕として思い描かれたウジェーヌ・シュー。彼はソローニュ地方に城を持っていた。そこには黒や褐色の肌をもつ女性たちのハーレムがあるといわれていた。彼の死後、イエズス会士たちが彼を毒殺したという伝説が生まれた。

[I2, 1]

グツコウの報告では、博覧会場は、アルジェに対する熱狂を呼び覚まそうとしてオリエント風の情景で満ちていた。

[I2, 2]

「ユニークさ〔Apartheit〕」の理想に関して。「あらゆるものが曲線的装飾を、彎曲や複雑なねじれを求めている。しかし、一目見ただけではおそらく読者が気づかないことは、物を置き、配置するその仕方にもユニークさが広く浸透しているということである――そしてまさにそのことが、われわれをまたしても騎士の世界へと連れ戻すのである。／前面の絨毯は斜めに、はすに敷いてある。前の方の椅子も斜めに、はすに置いてある。もちろん――これは偶然かもしれない。しかし物を斜めに、はすに置くこうした傾向がすべての身分、すべての階級のありとあらゆる住居のどこにも見られるとするならば——そして実際そうなのであるが——、これは偶然とはいえない。……まずもって、斜めに置き、はすに配置することがユニークな印象を与える。ここでもまったく言葉通りにそうである。物は——ここでは絨毯だが——、はすに配置されることで、全体から浮き立つことになる。……しかし、これらすべてのいっそう深い理由はここでもまた、無意識のうちに続行されている戦闘と防衛の構えを固持しようとするところにある。／ある一角を防衛するためには、はすに構えることが目的に適っている。そうすれば、両方向がよく見えるからである。城砦の稜堡が凸角に作られているのも、そのためである。……斜めに敷かれた絨毯は、このような稜堡を思い出させないだろうか。……／騎士は襲撃の気配を感じると、はすに〔a parte〕構え、右にも左にも攻撃できるよう身構えるが、何百年か後にはごく普通の市民が自分の工芸品をそのように配置するようになる。つまり、単にそうしたものを斜めに置き全体から際立たせるだけで、誰もが自分の周りに城壁や濠を確保するのである。こうした市民は文字通り俗物市民〔Spießbürger, Spießは槍の意。馬を持たず槍だけで武装した中世貧乏市民から来た言葉〕である。」アドルフ・ベーネ『新しい住まい——新しい建築』ライプツィヒ、一九二七年、四五—四八ページ。説明のために、著者は冗談半分にこう述べている。「邸宅を持つことのできた旦那たちは、彼らの身分が上であることをわからせようとした。そのためには封建的な形態、騎士の姿を真似するよりも自然なことがあっただろうか。」ベーネ、前掲書、四二ページ。この問題にもっと一般的に切り込んでいるのがルカーチの言葉である。歴史哲学的に見て市民階級に特徴的なことは、彼らが自分たちの古い敵である封建制を打倒する前に、新しい敵であるプロレタリアートが戦いの場に登場してきたことであり、市民階級はこのプロレタリアートを片づけることは決してできないだろう、というのである。　[I2, 3]

モーリス・バレスは、プルーストについて「門番室にいるペルシャの詩人」と言っている。一九世紀の室内《インテリア》の秘密に立ち向かった最初の人間は、そうした人間以外ではありえないのではなかろうか？（この言葉は画家ジャック＝エミール・ブランシュの『私のモデルとなった人たち』パリ、一九二九年（？）にある。）　[I2, 4]

新聞に出た広告。「通告。ルーベンスやラファエッロの絵——本物の——をもっている絵画愛好家諸氏に告ぐ。ヴィールッ氏は、これらの巨匠のどちらかの絵と対にして彼の作品を飾りたいと思う絵画愛好家のために、無料で絵を制作することを申し出ている。」A・J・ヴィールツ『文学作品集』パリ、一八七〇年、三三五ページ　[I2, 5]

一九世紀の室内《インテリア》。空間が仮装し、誘惑者のようにさまざまな雰囲気の衣装を纏う。自己満足した俗物は、隣の部屋ではカール大帝の戴冠式、もしくはアンリ四世の暗殺、ヴェルダン条約の締結、オットーとテオファノの結婚式などがなされたとしても不思議はないといった感じを、少しでも味わおうというのだ。結局、事物はマネキンでしかなく、世界史上の偉大な瞬間でさえも衣装でしかなく、その衣装の影でそれらの事物は、虚無と結託したまなざし、低劣かつ愚劣なるものと結託したまなざしを交わし合う。こうしたニヒリズムこそは小市民的な心地よさの最内奥の核をなしている。この気分は、ハシッシュの陶酔のなかで濃縮され、サタン的な満足、サタン的な知、サタン的な休息となる。だが、まさにこのことによって露呈されるのは、この時代の室内そのものがいかに陶酔と夢の刺激剤であったかということである。ついでに言えば、こうした気分には、自由な、いわばウラーニア〔天文の神、学術・文芸をつかさどる女神の一人〕的な気圏への嫌悪感も含まれている。このウラーニア的気圏は、当時の内部空間に見られる過剰な壁布張りの技術に新たな光を投げかけてくれる。こうした内部空間のなかで生活するということは、目のつんだ網のなかに織り込まれていること、蜘蛛の巣のなかに搦めとられていることにほかならない。この巣のなかには世界史が、ひからびた昆虫のように、あち

こちにひっかかっている。人々はこの巣から離れたがらないのだ。 [I2, 6]

私の二回目のハシッシュ実験から。シャルロッテ・ヨエルのアトリエの階段。私はこう言った。「蠟人形だけが住める建物。これを使ってじつにいろんなことを具体的なかたちでやってみせよう。ピスカートル〔20世紀独の演出家〕なんて目じゃない。小さなレバー一つで照明全部を調節できる。ゲーテハウス〔ゲーテの生家〕からロンドンのオペラハウスをつくりだすこともできる。そこから世界史の全体を読み取ることだってできるんだ。この空間にいると、私にはなぜ自分が昔の行商人が売って回った民衆版画を集めているのかがわかってくる。部屋のなかにいてすべてを見ることができる。カール三世の息子たちでも、その他なんでもお望みのものをね。」 [I2a, 1]

「ギザギザのついた襟、肩のまわりのパフスリーブ、……これらは、まちがって中世の貴婦人の服装と思われていた。」ヤーコプ・ファルケ『近代趣味史』ライプツィヒ、一八六六年、三四七ページ [I2a, 2]

「光輝くパサージュが街路のあいだを貫いて登場して以来、パレ・ロワイヤルはその魅力を失った。パレ・ロワイヤルが品行方正になってからというものは〔魅力を失った〕、と多くの人は言う。かつてあれほど悪評を買っていた小さな特別個室《カビネ・パルティキュリエ》は、いまではカフェの喫煙室となっている。どのカフェも喫煙室を持っていて、〔トルコ皇帝の〕閣議室《ディヴァーン》と呼ばれている。」グツコウ『パリからの手紙』I、ライプツィヒ、一八四二年、二二六ページ■パサージュ■ [I2a, 3]

「ベルリン産業大博覧会は重々しいルネサンス様式の部屋で一杯である。灰皿すらもが古代まがいに作られ、入り口の垂れ幕もきまって矛や槍で守られ、窓や箪笥には窓ガラスが君臨している。」『ドイツ・モードの七〇年』一九二五年、七二ページ [I2a, 4]

一八三七年の記述。「当時は、今日ロココ様式が支配しているのと同じように、古典古代様式が支配的な時代であった。流行は……その魔法の杖のひと振りで、サロンをアトリウム〔古代ローマの中庭つき広間〕に、寄りかかり椅子を古代ローマの高官座に、引き裾のついた服をチュニカ〔古代ギリシア・ローマの寛衣〕に、グラスを鉢に、靴をコトゥルン〔ギリシア悲劇の俳優が履いた踵の高い靴〕に、ギターを竪琴に変身させた。」ゾフィー・ゲイ「コンテ嬢のサロン」（『ヨーロッパ教養世界のクロニック』アウグスト・レーヴァルト編、一八三七年、第一巻、ライプツィヒ／シュトゥットガルト、三五八ページ）。だとすると、「ばつの悪さの極めつけってなんだろう？」「パーティーに竪琴を持ってきた人がいて、誰も一曲弾いて欲しいと頼まないときさ」というジョークは——これは室内《インテリア》の問題にも光を当てるものであるが——おそらく帝政期のものだろう。　[I2a, 5]

「おそらくは彼の時代にはごく普通のものであったと思われるボードレール風の家具について言えば、ここ二〇年の優雅な御婦人方に、教訓を与えるのに役立ってほしいものです。なにしろ彼女たちときたら、「自分たちの館」ではほんの少しの趣味の悪さも認めないのです。自分たちがあれほど苦労してようやく到達したいわゆる様式の純粋さとやらを前に、彼女たちはとくと考えてほしいものです。開閉自在の「帳」のついたベッド、……温室のような広間や、……かすかな香りに満ちたベッドや、墓のように深々としたソファや、花を飾った棚や、すぐ消えてしまうので……あとは炭火を明かりとするしかないようなランプ、そういったものしか描かなくとも、作家たちのうちでももっとも偉大でもっともすぐれた芸術家たり得たのだということを。」マルセル・プルースト『時評集』パリ、〈一九二七年〉、二二四—二二五ページ（省略された箇所は、引用箇所だけである）。この言葉は重要である。というのも、美術館や都市計画の問題に関して立てられている対立的な立場を、室内《インテリア》にもしかるべく敷衍することを可能にしてくれるからである。つまり、新しい様式を、伝来のもの、「古臭くなった」ものがもつ神秘的でニヒリスティックな表現力に対立させることができるのだ。ついでに言えば、この箇所だけでなく、プルーストの全作品は〔プルーストの作品における〕閉め切った〔renfermé〕という言葉を参照〕、彼がこの二項対立のどちら側をとったかを明かしている。　[I2a, 6]

きわめて望ましいのは、風俗画の由来を明らかにすることである。風俗画はそれを必要とする空間において、どのような機能を果たしていたのだろうか？　風俗画は最終段階であり、間もなく空間一般がいかなる絵画も受けつけなくなることの先触れであった。「風俗画。……このような意味に解されたとき、芸術は、さまざまな専門分野《スペシアリテ》の区分に頼らざるをえなかったが、そうしたことは、絵を売るためには、きわめて好都合であった。それぞれの画家は自分の十八番をもとうとする――中世の模作から細密画まで、野営の光景からパリ・モードまで、馬から犬までといったように。大衆の趣味にとってそれらの間には何の区別もない。……同じ絵が二〇回も複製されることがあるが、それで売り上げが損なわれることはないし、流行に助けられて、手入れの行き届いたサロンはどれも、これらの流行の調度品のどれか一つを手に入れようとする。」ヴィールツ『文学

作品集』、〈パリ、一八七〇年〉、五二七―五二八ページ　[I2a, 7]

壁布張りの技術はその繊維製品でもって、ガラスと鉄の装備から身を守る。　[I3, 1]

偉大な蒐集家の住居の相貌をじっくり研究するだけでもすべきであろう。そうすれば、一九世紀の室内《インテリア》を理解する鍵が得られる。前者では事物が次第に住居を占拠してゆくのと同様に、後者では、あらゆる世紀の様式の痕跡を蒐集し取り込もうとする家具が次第に住居を占拠してゆくのである。　[I3, 2]

■物の世界■

よその家の窓に眼をやるときまって、食事をしている家族とか、吊りランプに照らされた机の前に座ってわけのわからぬたわいのないことに耽っている孤独な男が見えるのはなぜだろう？　こうしたまなざしこそは、カフカの作品の原細胞である。　[I3, 3]

さまざまな様式の仮装行列が一九世紀全体を貫いているのは、支配関係が見えにくくなっていることの一つの帰結である。ブルジョワの権力者たちは、(金利生活者である)彼らが暮らしているその場では、多くの場合もはや、直接的かつ無媒介な形態では権力を所有していない。彼らの住居の様式は、彼らの偽りの直接性なのである。空間における経済的アリバイ。時間における室内的《インテリア》アリバイ。 [I3, 4]

「しかし、わが家にいながら郷愁を覚えること、それこそは〔回想の〕技術だろう。そのためには幻想に熟達していなければならない。」キルケゴール『全集』Ⅳ、〈『人生行路の諸段階』イエナ、一九一四年〉、一二ページ。これこそ室内《インテリア》の定式である。 [I3, 5]

「内面性とは、根源史的《ウアゲシヒテ》な人間存在を閉じこめる歴史《ゲシヒテ》の牢獄である。」ヴィーゼングルント＝アドルノ『キルケゴール』テュービンゲン、一九三三年、六八ページ [I3, 6]

第二帝政。「種や属による理詰めの用途分けはこの時期に始まり、それはいまでもわれわれの大抵のアパルトマンのなかで生きている。その分類によれば、食堂と仕事部屋にはナラ材とクルミの無垢材が、居間には金箔を張った木や漆を塗った木が、寝室には寄木細工と化粧板が適当とされている。」ルイ・ソノレ『第二帝政下のパリ生活』パリ、一九二九年、二五一ページ [I3, 7]

「このような家具についての考え方のなかで、顕著に主調をなして考え方全体をまさに要約しているのは、たっぷり襞をとった布地、ゆったりした壁掛け、それらを全体の眺めの下に調和させる技法への趣味である。」ルイ・ソノレ『第二帝政下のパリ生活』パリ、一九二九年、二五三ページ　[I3, 8]

「第二帝政期には、ごく最近に考案された家具が……見られたが、今はもうそれは完全に消滅してしまった。それは喫煙用椅子であり、人はそれに馬乗りに座って、背もたれ上部のクッション入り肘置きに寄りかかって、ロンドレス葉巻を味わったものだ。」ルイ・ソノレ『第二帝政下のパリ生活』パリ、一九二九年、二五三ページ　[I3, 9]

室内《インテリア》の「蜃気楼《ファタ・モルガナ》」としての「煙突のフィリグリー〔線細工〕」について。「大通りに沿った家屋群は巨大で灰色であり、高いところは金格子で囲われているが、……その屋根を仰ぎ見る者は、……「煙突」という概念がいかに汲み尽くしえないほどの個人主義的な含みをもつかを教えられたような気になる。各住居の煙道が高い、れんが造りの共通の土台となって、そこからありとあらゆる幅や長さの、ありとあらゆる高さや直径の煙突の先端が突き出ている。そうした煙突の先端には、単純で……しばしば古く傾いている粘土製のものもあれば、平たい皿や先のとがった三脚台の帽子をかぶったブリキ製のものもあれば、……甲冑の兜庇のようにたくみに隙間が開けられた回転可能な通風帽や、煤で黒くなった奇抜なブリキの帆をつけた通風帽まである。それは個性的な形態のやさしいアイロニーであり、……パリはそれによって親密さの魔力を守ることができたのである。……こうして、この町の特徴である都会的な共生が、……屋根の上で……いま一度繰り返されているかのようである。」ヨアヒム・フォン・ヘルメルゼン「パリの煙突」『フランクフルター・ツァイトゥング』一九三三年二月一〇日　[13, 10]

ヴィーゼングルント〔＝アドルノ〕は『誘惑者の日記』の次の箇所を、キルケゴールの「作品全体」への鍵として引用し、注釈している。「イメージの枠組みをなす環境は何といっても大きな意味を持っている。これこそは記憶のなかに、いやもっと正確には魂の全体のなかに、もっとも強く、もっとも深く刻み込まれていて、それゆえ決して忘れ去られないものである。私はどんなに年をとっても、あの小さな部屋にいる以外のコーデリアを思い浮かべることは決してできないだろう。私が彼女を訪ねていくと、女中がドアを開け、玄関の間へ迎え入れてくれる。私が居間へのドアを開ける瞬間に、彼女も自分の部屋から居間へ入って来るので、まだ二人ともドアのところに立ったままでいながら、われわれの視線は出会うことになる。居間は小さく、大変居心地がよく、ほんとうは小部屋《カビネット》と言った方がいいくらいだ。私は、しばしば彼女と並んで座るソファからこの部屋を眺めるのが一番気に入っている。ソファの前には丸いティーテーブルがあって、その上に綺麗なテーブルクロスがかかっていて、幾重もの襞を見せている。テーブルの上には満開の力強く育った花のかたちをしたランプが置いてある。そのランプの頭上には、手のこんだ紙製の傘がかかっていて、あまりに軽いのでいつも揺れていた。このランプは、その奇妙な形のゆえにオリエントを思い起こさせ、その傘が絶えずゆれる様は、その地に吹く穏やかな風を思わせた。床には、きわめて特別な種類の葦で編まれた絨毯が敷いてあり、ランプと同様に異国情緒をかもしだしていた。そこに座ると、私は幻想の中で彼女と一緒に、この不思議な花のもとにある大地に座っていたり、あるいは、船長室に陣取って、大海原をはるか沖に向かって帆走していたりする。窓がかなり高いところにあるので、私たちは無限に広がる天空を、じかに目にしている。……コーデリアには……いかなる前景も似つかわしくない。ただ水平線が持つ無限の大胆さだけが似つかわしい。」この箇所――キルケゴール『全集』I、〈『あれか－これか』第一部、イエナ、一九一一年〉、三四八ページ〈以降〉――について、ヴィーゼングルントはたとえばこう述べている。「ちょうど外的な歴史が内的な歴史のうちに「映し出される〔反省される〕」ように、室内《インテリア》において空間は仮象なのである。キルケゴールは、単に反省されたり、反省したりするだけの主観内部の現実のいっさいが仮象であることを認識しなかった。同様に、室内の形象においては空間的なものが仮象となることも見抜かなかった。だが、室内に関しては、事象の方が彼の誤りを暴露する。……室内を占めているいっさいの空間形態は、たんなる飾りにすぎない。それらは、自らが表わしている目的とは疎遠であり、それ自身の使用価値を欠いており、もっぱら孤立した住居から生み出されたものにすぎない。……《自己》は自分の城にいるときにも商品とその歴史的本質に急襲される。商品の仮象という性格は、歴史的・経済的に、事物と使用価値の疎外を通じて生み出されている。しかし室内にあっては、事物はいつまでも疎遠なままではいない。……疎外された事物にとっては、疎遠さそのものがまさに表現へと姿を変え、黙した事物が「象徴」として語り出す。住居のなかに配置されたものは、調度品〔Einrichtung〕と呼ばれる。歴史的には仮象である事物がここでは、変わることのない自然の仮象としてしつらえられる〔eingerichtet〕。アルカイックな形象が、つまり有機的生命としての花、憧憬の故郷とされるオリエント、永遠性そのものとしての海といった形象が、室内に浮かび上がってくる。というのも、事物がおのれの歴史的瞬間によって運命づけられている仮象は、永遠だからである。」テオドール・ヴィーゼングルント＝アドルノ『キルケゴール』テュービンゲ

ン、一九三三年、四六―四八ページ　[I3a]

ルイ＝フィリップとともに登場したブルジョワは、みずから自然を室内《インテリア》に変えてしまうことに価値を置いた。一八三九年に英国大使館でダンス・パーティーが開かれたことがある。二〇〇本のバラが注文された。「庭は」――と、ある目撃者は報告している――「一枚のテント張りの屋根で覆われ、ちょうど談話サロンのようであった。しかし、なんというサロンだろうか！　おびただしい花で覆われ、香り豊かな花壇は、巨大な花籠に変容している。並木道の砂は、輝くばかりの長絨毯の下に消えてしまった。鋳鉄のベンチの代わりに、ダマスク織りと絹に覆われたソファがあった。丸いテーブルには本とアルバムが載っていた。オーケストラのざわめきが遠くからこの途方もなく大きな居間にまで侵入してきた。」　[I4, 1]

当時のモード雑誌には、花束を長持ちさせる方法が書いてある。　[I4, 2]

「ブロンズ色にまばゆく光る長椅子に横たわるオダリスク〔トルコの後宮の白人女奴隷〕のように、この誇り高い都会は、蛇行するセーヌの谷の暖かい葡萄畑の丘の麓に横たわっている。」フリードリヒ・エンゲルス「パリからベルンまで」『ノイエ・ツァイト』一七巻一号、シュトゥットガルト、一八九九年、一〇ページ　[I4, 3]

住むということを考える際に難しいのは、そこでは一方で、蒼古のものが——ひょっとしたら永遠なるものが——認識されねばならないということ、つまり、住むというのは人間が母体のうちに留まっている状態の模像であるということが認識されねばならないのに対して、他方では、こうした根源史的モティーフにもかかわらず、そのもっとも先端的な住み方のうちに、一九世紀の生活状況が捉えられねばならないところにある。およそ住むということの根源的形式は、家〔Haus〕のなかではなく、容れ物〔Gehäuse〕のなかにいるということである。容れ物はそこに住む者の刻印を帯びる。住居はその極限的な場合には、容れ物に変じる。一九世紀ほど住むことに病的にこだわった世紀はなかった。この世紀は住居を、人間を容れるケースと捉え、人間をそのいっさいの付属物とともに、住居にあまりにも深く置き入れてしまったので、そのさまは、製図用具がその取り替え部品とともに、大抵は紫色のビロードで張られた深い窪みにはめこまれている、あの製図用具入れの内部を思い起こさせる。一九世紀が考え出さなかった専用ケースなんていったいあるだろうか。懐中時計、上履き、卵立て、寒暖計、トランプのためにケースを考え出し、ケースでなければ、覆い、長絨毯、カバー、シーツを考え出した。二〇世紀は、その多孔性と透明性、その野外活動によって、こうした古い意味での住むことに終止符を打った。建築家ソルネスの住居にあった人形部屋に対抗して出てきたのが、「人間収容施設」である。ユーゲントシュティールは、容れ物のあり方を根本から揺さぶった。今日ではこうした容れ物は死滅し、住むという行為は衰弱してしまった。生きている者にとってはホテルの部屋によって、死者にとっては火葬場によって。　[I4, 4]

他動詞として使われる「住む〔wohnen〕」――例えば「住みなれた生活〔gewohntes Leben〕」といった概念におけるように――は、この〔住むという〕行為に潜んでいる時々刻々のアクチュアリティについての一つのイメージを与えてくれる。その行為の本質は、一つの容れ物をわれわれの心に刻みつけることにあるのだ。　[I4, 5]

「すべての珊瑚の枝や藪の下から彼らは泳ぎ出してきた。どの机の下からも、どの椅子の下からも、またこの奇妙なクラブ・ルームにある流行遅れの箪笥や衣装ケースの引き出しからも、彼らは泳ぎ出してきた。要するに、どんなに小さな魚も隠れられる手の幅ほどのところならどこでも彼らは突然生命を得て、白日のもとに出て来たのである。」

フリードリヒ・ゲルシュテッカー『沈める都市』ベルリン、［一九二一年、ノイフェルトおよびヘニウス］、四六ページ　[I4a, 1]

ウジェーヌ・シューの『さまよえるユダヤ人』は、いろいろな理由から、たとえばイエズス会士への中傷や、登場しては消えていく登場人物のあまりにも見通しのきかない多さのゆえに批判されたが、ある書評にはこうある。「小説は横切る広場ではなく、住まう場である。」ポーラン・リメラック「現代の小説とわが国の小説家について」（『両世界評論』一一巻三号、パリ、一八四五年、九五一ページ）　[I4a, 2]

文学上の帝政期について。ネポミュセーヌ・ルメルシエ（18―19世紀仏の作家。ロマン派を予告する悲劇を書いた）は、君主制、教会、貴族、デマゴギー、帝国、警察、文学、ヨーロッパ列強の同盟などをアレゴリー的に言い換えた名前で登場させている。彼の芸術手段は「象徴《エンブレム》に応用された幻想」であり、彼の格言は「ほのめかしは私の武器、アレゴリーは私の盾」である。ネポミュセーヌ・ルメルシエ『汎偽善体制の続きあるいは一九世紀の地獄絵図』パリ、一八三二年、IX、VIIページ　[I4a, 3]

ルメルシエの『ランペリとダゲール』への「予備説明」から。「まず、手短かな説明によって、聴衆のみなさまに、かの著名なる芸術家ダゲール氏の発見への讃歌を主題とする詩の技法に、十分通じていただかなければなりません。この発見は、科学アカデミーにも芸術アカデミーにもかかわることです。なぜならそれは、デッサンの研究と物理学の研究の双方に由来しているからです。……私が望んだのは、ここで敬意を表する機会に、新しい詩作法をこの並はずれた発見に適用することです。周知の通り、昔の神話は……自然現象を象徴的存在によって、つまりは事物の各原理が作用する姿を表現することによって説明しました。……近代の模倣は、これまで古代の詩の形式を借用したにすぎません。私は古代詩の原理と内容をわれわれに適合させようと努めてきました。今世紀の作詩屋たちの癖は、俗人にも容易に理解できる実際的で瑣末な現実の事柄へと詩神の芸術を貶めることであります。これは進歩ではなく、頽廃です。古代人が本来もっていた情熱は、反対に、人間の知性を引き上げて、優雅なまでに理想的な寓話によって開示される自然の秘密に通じさせようとすることでした。……私はすでに『アトランティアード』のなかでニュートン哲学に……自分の理論を応用してみたのですが、激励を受けてこの理論をいま諸兄に説明するしだいです。幾何学者ラグランジュは、われわれが獲得した知識にふさわしい……神智学の驚異を、われわれの時代の詩神たちのために創造しようと私が努めたことに、賛同してくれました。」ネポミュセーヌ・ルメルシエ「才気ある画家によるディオラマの発明について」一八三九年五月二日木曜日の五アカデミー公開年会議、パリ、一八三九年、二一―二三ページ　[I4a, 4]

中庸派《ジュスト＝ミリュー》のまるで本物のように描かれた絵画について。「画家は……よき劇作家、よき衣装家、巧みな演出家……であるべきである。公衆は……造形的側面よりも主題にずっと大きな関心をもつ。「もっともむずかしいのは、色の配合ではないですか？――いや、」と通人は答えた。それは魚の鱗を本物さながらに描くことです。教授、弁護士、医者といった連中が美学に抱く観念とはこんなものである。いたるところで、だまし絵《トロンプ・ルイユ》の奇跡が称賛された。ほんのちょっとでもうまく模倣すれば評判になったものだ。」ギゼラ・フロイント『社会学的視点から見た写真』（草稿、一〇二ページ）。ジュール・ブルトン『世紀のわが画家たち』四一ページに引用　[I5, 1]

フラシ天〔毛足の長いビロード〕――これは、特に痕跡が残されやすい生地である。　[I5, 2]

置物《ニッペス》の流行は、第二帝政期に始まる冶金技術の進歩によって促進された。「この時期にはじめて、キューピッドの群像とバッカスの巫女の群像が現われた。……今日、芸術は店を構えていて、芸術作品の傑作を金や水晶の飾り棚に陳列している。そうなると、彫像家の数々の傑作が、正確に縮小されて、安売りされる。――カノヴァの『三美神』は婦人用応接間《ブドワール》に置かれ、プラディエの『バッカスの巫女』と『牧神』は夫婦の寝室に置かれる光栄に浴する。」エドゥアール・フーコー『発明家パリ――フランス産業の生理学』パリ、一八四四年、一九六―一九七ページ　[I5, 3]

「ポスターの技法は……技巧が芸術になるほどの稀な完成度に達した。私がここで語っているのは……カリグラフィーの先生たちが……線の巧みな組み合わせによって、馬に乗ったナポレオンを表現しているような、特別のポスターのことではない。そのように線を組み合わせて、ナポレオンの物語が、描かれると同時に物語られるポスターのことではない。そうではなくて、私は普通のポスターのことを話したいだけなのだ。編集部の術策に不実に手を貸すために、実に多様で目もあやな色調を用いて、活版印刷の表現力、装飾模様の魅惑、色彩の魅力をどれほど高めたことか！」ヴィクトール・フールネル『パリの街路に見られるもの』パリ、一八五八年、二九三―二九四ページ（「看板とポスター」）　[I5, 4]

アルフォンス・カールの室内《インテリア》。「彼の住まいは並ではない。現在、彼はヴィヴィエンヌ街の七階か八階に住んでいる。芸術家がヴィヴィエンヌ街に住むとは！　彼の部屋には黒い壁紙が張られている。ガラス窓には、紫色のガラスや白色の磨りガラスが使われている。私が人から聞いたところでは、彼は机も椅子ももたず（せいぜいきわめて稀な訪問客のために椅子をたった一つもっているだけだ）、服を着たまま寝椅子で寝るそうだ。彼はトルコ風の生活をし、クッションに寝そべり、床板のうえでものを書く。……彼の部屋の壁はがらくたで飾られている。……中国製の花瓶、髑髏、フルーレ（フェンシングの剣）、パイプがところ狭しと置かれている。彼は、上から下まで緋色の服を着せた黒人と白人の混血児を使用人にしている。」ジュール・ルコント『ファン・エンゲルホムの書簡』アルメラ版、パリ、一九二五年、六三―六四ページ　[I5, 5]

ドーミエの「サロンでのスケッチ」から。仲間から一人はずれた愛好家が、平原風景のなかのあわれな二本のポプラを描いた一枚の絵を指さしている。「われわれの社会はなんと堕落し腐敗した社会であろうか。……こうした人々はみな、多少とも怪物じみた場面を描いた絵しか眺めないし、美しい純粋な自然を思わせる絵の前に足を止めるものは一人もいない。」

[I5a, 1]

ロンドンのある殺人事件で、殺された被害者の死体の一部、さらには衣服の断片が入っている袋が見つかった。その際、警察は死体や衣服の断片からある種の結論を引き出した。「メヌエットのなかにはなんと多くのものがあることだろう！　とある有名な舞踊家が言った。状況と人がパルトー〔前ボタンのついた短コート〕に喋らせれば、パルトーはなんと多くのことを語ってくれるだろう！　フロックコートを着るたびに、おそらくこれは、死に装束として使われるために作られているのかもしれないと考えねばならぬとすれば、それはちょっと不快なことだ、と諸君は私に言うだろう。私の仮説がバラ色でないことは私も認める。しかし前にも言ったように……今週は陰気な一週間なのだ。」H・ド・ペーヌ『内側から見たパリ』パリ、一八五九年、二三六ページ

[I5a, 2]

王政復古期の家具。「カナペ〔長椅子〕、ディヴァン〔寝椅子〕、オットマン〔トルコ長椅子〕、コズーズ〔二人用ソファ〕、ドルムーズ〔肘掛長椅子〕、メリディエンヌ〔昼寝用ソファ〕。」ジャック・ロビケ『王政復古期の芸術と趣味』パリ、一九二八年、二〇二ページ

[I5a, 3]

「先ほど述べたように……人間は洞穴の住居その他に戻ってゆくが、しかし、それは疎外された敵対的な形態の洞穴住居である。野性の人間であれば、……洞穴でも我が家のようにくつろげる。……だが、貧民の地下室にある住居は、よそよそしい力を帯びた、敵対的な住居である。この住居は、貧民が血の出るような汗を住居に差し出すかぎりでしか与えられない。彼はこの住居を自分の故郷――つまり、ここここそが我がすみかであると最後には言えるような場所――とみなすことはできない。むしろ彼は、日々彼を見張っていて、家賃を払わなければたちどころに追い出しにかかる他人の家にいる。同様に彼は、自分のこの住居が質からいっても、彼岸の、富の天国にある、君主の住むような人間らしい住居とは似ても似つかないことを知っている。」カール・マルクス『史的唯物論』I、ランツフート／マイヤー編、ライプツィヒ、〈一九三二年〉、三二五ページ(『経済学と哲学』)　[I5a, 4]

ポーについてのヴァレリーの発言。彼は、文学作品一般の条件とその法則的な効果に関するポーの比類ない理解力を強調している。「真に一般的であるものの特性は豊かであることだ。……だから、かくも力強くて確実な方法をもっていたポーが複数のジャンルの発明者になり、短篇科学小説、近代的宇宙創成詩、刑事訴訟小説、病的心理状態の文学への導入の最初の……模範を示したのも、なんら驚くべきことではない。」ヴァレリー「〈ボードレールの〉『悪の華』への序文」〈パリ、一九二六年〉、XXページ　[I5a, 5]

パリのサロンについてのゴーティエの次のような描写のうちには、人間が室内《インテリア》に組み込まれている様子がドラスティックに表現されている。「魅入られたような視線が、婦人たちの集まりに注がれる。彼女たちは、半ば身をかがめて会話する人々に、扇子を動かしながら耳を傾けている。眼はダイヤモンドのようにきらきらしており、肩はサテンのように輝き、唇は花のように開く。」（人為的なものがイメージされているのだ！）『一九世紀のパリとパリっ子』パリ、一八五六年〔テオフィル・ゴーティエ「序論」〕、IVページ　**[I6, 1]**

ほとんど失敗に終わったレ・ジャルディの邸宅におけるバルザックの室内《インテリア》。「この屋敷は……いわば、ド・バルザック氏が彼の生涯でもっとも力を注いだが、決して完成させることができなかった小説の一つであった。……「ゴズラン氏〔バルザックの友人の文学者〕が言うように、辛抱強く完成を待つこれらの壁には、以下のような内容の木炭による書き込みが読まれる。ここはパロスの大理石で覆うこと、ここはヒマラヤ杉をスティロベート〔柱台〕に使うこと、ここはウジェーヌ・ドラクロワの絵を天井に使うこと、ここは雲母大理石の暖炉。」」アルフレッド・ネットマン『七月王政下におけるフランス文学の歴史』Ⅱ、パリ、一八五九年、二六六―二六七ページ　[I6, 2]

室内《インテリア》の章の結末は、映画における小道具の登場。　[I6, 3]

E・R・クルティウスは、バルザックの『小市民』から次の箇所を引用している。「抑制されることのない嫌悪すべき投機は、年ごとに建物の各階の天井を低くし、昔なら応接間一つ分でしかない広さに住居全部を切り詰めてしまうし、庭園に対して生死を賭けた戦いを布告する。こうした投機がパリの風俗になんらかの影響を及ぼすことは避けがたいであろう。もうじき人々は家のなかよりも外で暮らすことを余儀なくされるであろう。」エルンスト・ローベルト・クルティウス『バルザック』ボン、一九二三年、二八ページ。さまざまな理由から街路の重要性が増す。　[I6, 4]

居住空間の縮小としつらえられた室内《インテリア》の増大との間には、おそらく関係がある。前者に関してはバルザックが重要な確認を行っている。「人々は小さな絵しか求めなくなっている。大きいのは掛けるところがないからだ。蔵書をどうやって収納するかは、じきに厄介な問題となるだろう。……どんなものであってもそれを蓄えて置く場所がなくなる。したがって、長持ちするようには作られていない商品を買うようになる。「下着や書物は長もちしないだろうが、それだけのことだ。製品の耐久性はいたるところからなくなってしまう。」」エルンスト・ローベルト・クルティウス『バルザック』ボン、一九二三年、二八―二九ページ　[I6, 5]

「夕陽が食堂や居間をかくも豊かに彩るのだが、その光は、美しい織物や、また鉛の桟で多くの仕切りに分けられた精巧な作りの高窓を通って、和らげられている。家具はゆったりとして、珍しく、風変わりであり、洗練された魂のように錠や秘密で守りを固められている。鏡、いろいろな金属、織物、金銀細工、陶器は、見るものの眼に、音のない神秘に満ちた交響楽を奏でている。」シャルル・ボードレール『パリの憂鬱』(R・シモン編)、パリ、二七ページ(「旅への誘い」)　[I6a, 1]

「Comfort〔生活を快適にするもの〕」の語源。「それはかつては英語で慰め〔consolation〕を意味した(Comforter は、慰め主たる聖霊の形容句である)。その後、言葉の意味はむしろ安楽になる。今日では、世界のあらゆる言語において、この言葉は合理的便宜だけを指す。」ウラディミール・ウェイドレ『アリスタイオスの蜜蜂』パリ、〈一九三六年〉、一七五ページ(「芸術の臨終」) [I6a, 2]

「芸術家肌のお針子たちは……もうシャンブル〔貸部屋〕には住まず、ステュディオ〔アトリエ〕に住む(もっとも、あらゆる居住用の部屋をしだいに「ステュディオ」と呼ぶことが多くなっている。まるで人がしだいに芸術家や学生になってきているかのようだ)。」アンリ・ポレス「商業芸術」(『ヴァンドルディ』紙、一九三七年二月〈一二日〉号) [I6a, 3]

近代の《モデルネ》行政機構のために痕跡が増大すること。バルザックはそれに注意を促している。「さて、フランスのあわれな女たちよ、世に埋もれて生き、文明の真っ只中でごくささやかな愛の物語を紡ぐように努めたまえ。文明は、公共の広場で辻馬車の発着の時刻を記録し、手紙を数え、手紙が投函されるときと配達されるときの二度にわたって消印を捺し、家屋に番号をつけ、……そしていずれは、土地台帳の大きなページのうえに……どんな小さな区画も登録された領土全体を所有することだろう。それは巨人によって命じられた巨人の仕事である。」バルザック『モデスト・ミニョン』、レジス・メサック『「探偵小説《デテクティヴ・ノヴェル》」〈と科学的思考の影響〉』パリ、一九二九年、四六一ページに引用 [I6a, 4]

「ヴィクトール・ユゴーは立ったまま仕事をする。そして彼はうまく見台の役をしてくれる古い家具を見つけられないので、腰掛けと二つ折り本を重ねて厚布をかけ、その上でものを書く。『聖書』の上に、また『ニユルンベルク年代記』の上に、この詩人は肘をつき、紙を広げるのだ。」ルイ・ユルバック『同時代の人々』一八八三年(レイモン・エスコリエ『見た者たちが語るヴィクトール・ユゴー』パリ、一九三一年、三五二ページに引用)

[I7, 1]

ルイ・フィリップ様式。「ふくらんだ腹がすべてのものにはびこる、振り子時計にさえも。」

[I7, 2]

黙示録的な室内《インテリア》というものがある。それは世紀中葉のブルジョワ的室内のいわば補完物である。それはヴィクトール・ユゴーにも見られる。彼は交霊術の啓示についてこう書いている。「私は、強い影響力をもつ啓示を受け、一瞬人間としての哀れな自尊心を傷つけられた。それは、私の小さなカンテラのまわりに雷と流星の光を投げかけたのだ。」『静観詩集』のなかで、彼はこう述べている。

「われわれは、死を思わせるこの空虚のなかで数々の音に耳を傾ける。
われわれは、闇の中をさまようあの息吹を聞く、
　暗黒がそれを聞いて戦慄する、あの息吹を。
そして時おり、底知れぬ夜の闇に沈みながら、
われわれは永遠のガラスが、
　恐ろしげな微光にきらめくのを見る。」

（クローディウス・グリエ『交霊術者ヴィクトール・ユゴー』〈リヨン／パリ、一九二九年〉、五二、二三ページに引用）　[I7, 3]

一八六〇年頃の住居について。「そのアパルトマンは……アンジュー街にあった。それは……絨毯、垂れ幕、房へりつきの飾り布、二重カーテンによって……飾られていた。これらを見ると、洞窟時代に続いて壁掛けの時代が来たかのように思われるのだった。」ルイーズ・ヴァイス『共和政時代の幼年期の思い出』パリ、〈一九三七年〉、二一二ページ　[I7, 4]

ユーゲントシュティールの室内《インテリア》と、それに先行する室内との関係の本質は、ブルジョワが歴史における自己のアリバイを、博物誌（特に植物の世界）におけるもっと馴染みの薄

いアリバイによってとりつくろうところにある。　[I7, 5]

一九世紀の市民の家財道具を覆っていたサックやカバーやケースは、そのそれぞれが痕跡を受け止め、保存するための準備対策であった。　[I7, 6]

室内《インテリア》の歴史に関して。初期の工場空間が住宅と似た様子をしていたことは、それがいかに目的に合わず、違和感を与えるとしても、次のような点では心をなごませる面を持っていた。というのも、この空間内にいる工場主をいわば風景画の点景として考え、彼が自分の機械のかたわらで自分自身の将来の偉大な姿だけでなく、機械の将来の偉大な姿についても夢見ているさまを想像できるからである。企業家が自分の仕事場から切り離されると、工場の建物のこうした性格も消滅してしまう。資本は企業家をも彼の生産手段から疎外し、おのれの生産手段の将来の偉大な姿を思う夢は見果てぬ夢となる。マイホームの誕生とともに、この疎外のプロセスは完結する。　[I7a, 1]

「家具調度、つまり実用と装飾のためにわれわれを取りまいている種々の事物は、一九世紀の最初の二、三〇年を経てもまだ、低い階層から最上級の教養階層にいたるまでの望むところに従って、かなり質素で長持ちするものであった。こうして、人格とその周囲の事物とのあの「癒合」が生じることになった。……だがこの状況は、事物が三つの異なる次元に細分化されることで……断ち切られてしまった。まずは、きわめて特殊化した事物が数多く存在するようになるということだけでも、個々の事物との緊密な……関係を難しくした。……それは、家具調度の手入れが文字どおりフェティッシュへの奉仕にならざるをえない、という主婦たちの嘆きに表現されることになる。……並存的な関係でのこうした細分化は、継起の関係におけるそれにも同じ結果をもたらした。流行の変化は、主体と客体とが互いに馴染んでいくあのプロセスを断ち切ってしまう。……第三に……毎日目にすることができる事物がわれわれに見せるスタイルの多様性がある。」ゲオルク・ジンメル『貨幣の哲学』ライプツィヒ、一九〇〇年、四九一―四九四ページ　[I7a, 2]

痕跡の理論に関して。「彼(「港湾長、……周辺海域のいわば副＝ネプチューン」)」(四四―四五ページ)は、役所の建物の聖別された壁の外で現実と戦っている人々に対して、役人根性まるだしに、わざとらしく偉ぶってみせるのだが、そうした彼にとって私などは――この港にいる他の船乗り全員そうなのだが――役所の文書登録の、そして記入すべき用紙のただの対象にすぎない。彼からみればわれわれはさぞかし幽霊のように思えたにちがいない！　われわれは、巨大な台帳や登録簿に記入されるためだけに存在しており、脳髄も、筋肉も、人生の心配ごともない存在、ほとんど役に立たず、決定的に価値の低いものでしかないただの番号なのだ。」ジョセフ・コンラッド『シャドウライン』ベルリン、〈一九二六年〉、五一ページ（ルソーの一節と比較すること）　[I7a, 3]

痕跡の理論に関して。機械化によって訓練は生産過程から排除される。行政機構の発展においても、組織度の増大は似たような結果をもたらす。経験豊かな官吏がおそらくは訓練の結果として獲得しえたような人情の機微を解する能力は、もはや決定的なものではない。そのことは、コンラッドが『シャドウライン』で与えている叙述を、『告白』の一節と比較するとわかる。　[I8, 1]

痕跡の理論に関して。一八世紀の行政管理。ルソーはヴェニスのフランス公使館書記官だったとき、フランス人のために通関税を廃止した。「私が通関税に関して行った改革が知られるやいなや、旅券を手に入れるために自称フランス人の群ればかり出頭するようになった。彼らは、ちんぷんかんぷんのおぞましい言葉をしゃべりながら、ある者はプロヴァンス人だといい、他の者はピカルディー人だとか、ブルゴーニュ人だとかいう。私はかなり耳がよくて聞き分けられたから、決して騙されはしなかった。ゼッキーノ金貨を払わずにすんだイタリア人は一人だっていないし、フランス人が一人だって払うはめになったことはない。」ジャン・ジャック・ルソー『告白』第二巻、イルサン版、パリ、〈一九三一年〉、一三七ページ　[I8, 2]

ボードレールは、『家庭画報』の一八五二年一〇月号に発表した「家具の哲学」への序論で、こう言っている。「われわれのなかで、長い閑暇の折ふし、模範的なアパルトマン、理想の住まい、rêvoir《レヴォワール》〔夢を見る部屋――造語〕を心に描いて甘美な快楽に耽らなかったものがあろうか。」シャルル・ボードレール『全集』クレペ編、ポー『グロテスクで深刻な物語』〔翻訳〕パリ、一九三七年、三〇四ページ〔『全集』第二巻、五五八ページ〕　[I8, 3]

J

ボードレール

「君のためここで私自身の海原を、
私自身の櫂で漕ぎ進み、
不思議なやり方で《天》を飛び、
君に《死》への斬新な賛歌を歌ってみせたいのだから。」

ピエール［・ド］・ロンサール「死への賛歌」、ルイ・デ・マジュール
へ

「ボードレールの問題は……きっと……こうだったにちがいない。「大詩人となること、ただしラマルティーヌでも、ユゴーでも、ミュッセでもないこと。」私は、この決意が自覚されたものだったと言っているのではない。それは必然的にボードレールの内にあったのであり、――この決意が本質的にボードレールそのものだったとさえ言えるのだ。それが彼の国是とでも言うべきものだった。……ボードレールは、ヴィクトール・ユゴーを注視していた。彼がユゴーについてどう思っていたかを推測するのは不可能ではない。……ボードレールは、若く容赦ない観察者にとって、不快に思えるもの、したがって、教えとなりうるもの、そうした観察者を将来の独自の芸術に導きうるもの、これらすべてに気づいたはずであり、……ユゴーの驚嘆すべき才能に感嘆の念を抱かずにいられなかったとはいえ、不純な面、軽率な面、……すなわち、それほど偉大な芸術家でも摘み残した……栄光のチャンスを見抜いたはずである。」ポール・ヴァレリー「序文」〈シャルル・ボードレール『悪の華』ポール・ヴァレリー序文、パリ、〈一九二六年〉、X、XII―XIVページ〉。紋切り型《ポンシフ》の問題。

[J1, 1]

「一八四八年以前の数年間は純粋芸術か、社会芸術かでためらいがあり、「芸術のための芸術」が優勢になるのは一八五二年よりもずっと後のことにすぎない。」C・L・ド・リーフデ『一八二五年から一八六五年までのフランス詩におけるサン゠シモン主義』〈ハーレム、一九二七年〉、一八〇ページ

[J1, 2]

ルコント・ド・リールは、『詩歌集』(一八五五年)の序文でこう述べている。「私は蒸気船や電信から想を得た賛歌やオードにはあまり感心しない。」C・L〈・ド〉・リーフデ『一八二五年から一八六五年までのフランス詩におけるサン゠シモン主義』一七九ページに引用

[J1, 3]

靴屋詩人サヴィニヤン・ラポワントのサン゠シモン主義的な詩「通り」を「気の良い二姉妹」(『悪の華』)と比べること。これはただ単に売春を扱っているだけで、最後には身をもち崩した娘たちの若き日の回想を持ち出している。

「ああ! 放蕩によってどれほど花々が咲かずに終わり、
どれほど刈り取られるか、決して知らぬほうが良い。
放蕩は、死にも似て、予定より効き目が早く、

その手にかかれば一八でも老いさらばえる。

……

……

その者たちを憐れみたまえ！　憐れみたまえ！

改心の魅力に目が眩んで、その天使のような顔を通りの角に

ぶつけてしまったのかもしれないのだから。」

オランド・ロドリグ『労働者の社会詩』パリ、一八四一年、二〇一、二〇三ページ　[J1, 4]

日付。ボードレールのヴァーグナー宛ての最初の手紙、一八六〇年二月一七日。ヴァーグナーのパリ・コンサート、一八六〇年二月一日、八日。『タンホイザー』のパリ初演、一八六一年三月一三日。『ヨーロッパ評論』誌へのボードレールのヴァーグナー論の発表はいつか？　[J1, 5]

ボードレールは「『風俗画家たち』についての大研究」を計画していた。クレペは、そうした文脈で、「イメージ、私の激しい、もとからの情熱」というボードレールの言葉を引いている。ジャック・クレペ「ボードレール余話」(『メルキュール・ド・フランス』誌、第

四六年、二六二巻、八九四号、五三一、五三二ページ）　[J1, 6]

「ボードレールは……一八五二年になってもまだデュポンの『歌謡』への序文で、「芸術はそれ以来、道徳と有用性から切り離せないものとなった」と書き、「芸術のための芸術派の幼稚な夢物語《ユートピア》」について語っている。……しかし一八五二年以後彼はやがて態度を変える。こうした社会的芸術という見解は、恐らく彼の青年期の交友関係によって説明がつく。デュポンは、「王政下で狂信的なほど共和主義者だった」ボードレールが、レアリズム的で人に伝えやすい詩を考えていた頃の彼の友人だった。」C・L・ド・リーフデ『一八二五年から一八六五年までのフランス詩におけるサン＝シモン主義』〈ハーレム、一九二七年〉、一一五ページ　[J1a, 1]

ボードレールは、二月革命〔に自分が参加したこと〕をすぐに忘れてしまった。ジャック・クレペは、「ボードレール余話」（『メルキュール・ド・フランス』誌、第四六年、二六二巻、八九四号、五二五ページ）で、一つの分かりやすい証拠を挙げている。それはベランジェ師の著作『ヌイイとその諸城の歴史』の書評という形を取っている。ボードレールはこれを、きっと友人の公証人アンセルの依頼で書いて、おそらく当時の新聞に発表したのである。ボードレールはこの書評において、「ローマ時代から、城が、乱痴気騒ぎや破壊といったこの上なく下劣な情熱の舞台となり、犠牲となった《二月》の恐るべき日々に至る」この町の歴史について語っている。 [J1a, 2]

ナダールは、ボードレールが住んでいたピモダン館近くで彼に会った時の服装を描写している。「エナメルのブーツに裾をぴんと掛けた黒いズボン、スモック――新しい折り目がきちんとついた車夫の着るような青いスモック――、髪はと言えば、生まれつきカールした黒い長髪、まばゆいばかりのまったく糊のついていないシャツ、鼻の下と顎に少しばかり生えかけた髭、それに真新しいばら色の手袋。……こうした服装で、帽子はかぶらず、ボードレールは、足どりはぎくしゃくしつつも、猫のように神経質で音もたてず、まるで卵を踏みつぶさないよう気をつけなくてはいけないかのように、舗石を一枚一枚選んで、馴染みの界隈と市内を歩き回るのだった。」フィルマン・マイヤール『知識人の都市』パリ、〈一九〇五年〉、三六二ページに引用 [J1a, 3]

ボードレールは――無理に旅に出されてから――見聞が広がった。 **[J1a, 4]**

ボードレールは、メリヨンの訪問を受けた後〔ボードレールがメリヨンを訪問したとも解釈できるが、実際は両者が会ったということが分かっているだけで、どちらがどちらを訪問したかは不明〕、一八六〇年一月八日、プーレ＝マラシにこう書いている。「彼が去った後で、私は、精神にも神経にも、いつもずっと気が狂うのに必要なものがすべてそろっていた自分が、どうして気が狂わなかったのかと思いました。真面目に私は、天に、偽善者の感謝をささげました。」ギュスターヴ・ジェフロワ『シャルル・メリヨン』パリ、一九二六年、一二八ページに引用　[J1a, 5]

ボードレールの「一八五九年のサロン」第六章〔正しくは第七章〕。そこにはメリヨンに関して「生の栄光と苦難を経て歳を重ね老いた首都の深みのある複雑な魅力」という表現が見られる。さらに次のように続く。「巨大な都市の自然な荘厳さがこれ以上詩情にあふれて描かれたのを私はめったに見たことがない。積み重ねられた石材の壮麗さ、天を指差す鐘楼、天空に向けて煙の同盟軍を吐き出す産業のオベリスク、修復中の記念建造物の驚嘆すべき足場が、建築のがっしりした本体に、かくも逆説的に美しい透かしの建築となって張りついている様、怒りと恨みをはらんだ荒れ模様の空、あらゆるドラマがそこにあることを思わせてますます深く感じられる奥行きなど、文明の痛ましくも栄光に包まれた書き割りを構成する複雑な要素のどれひとつとして忘れられていませんでした。……ところが、一匹の残酷な悪魔がメリヨン氏の頭脳に触れたのです。……そしてそれ以来、一日にして力強い芸術家となって、数ある中でも一番不気味な首都の陰鬱な壮麗さを描くために、《大海原》の荘厳な冒険に別れを告げたこの特異な士官について安堵させてくれるような知らせが届くのを、私たちはいつも不安な気持ちで待っているのです。」ギュスターヴ・ジェフロワ『シャルル・メリヨン』パリ、一九二六年、一二五―一二六ページに引用 [J2, 1]

出版業者ドラートルには、ボードレールの解説文を付したメリヨンのエッチング集を刊行する計画があった。この計画は挫折したのだが、それ以前にすでにボードレールはやる気をなくしていた。メリヨンが、この詩人らしい文を望まず、描かれている記念建造物の博識ぶった解説を要求したからである。ボードレールは、一八六〇年二月一六日のプーレ＝マラシ宛ての手紙でこれについて不平を述べている。 [J2, 2]

メリヨンは、ポン＝ヌフ〔新橋〕を描いた自分のエッチングの下に、次の詩を付した。「最近の政令《オルドナンス》〔＝処方〕により

修復され新たになりし
古きポン＝ヌフの
精確な似姿ここに眠る。
ああ学ある医者たちは、
巧みな外科医たちは、
石橋を修復するように
なぜわれわれを修復しないのか。」

ジェフロワによれば、最後の二行は「なぜまた石橋を／売り物にするのか教えてくれよう」だったと言う――彼は明らかにこの二行をエッチングの別の段階の版から取ってきている。ギュスターヴ・ジェフロワ『シャルル・メリヨン』パリ、一九二六年、五九ページ、〈図1参照〉 ［J2, 3］

メリヨンの版画の異様さ。「シャントル街」、その前景全体には、見たところほとんど窓がない建物の壁の人の背丈ほどのところにポスターが貼ってあり、それには「海水浴」という言葉が書いてある〈ジェフロワ『シャルル・メリヨン』一四四ページ参照〉。――「アンリ四世中学校」、これについてジェフロワはこう書いている。「中学校と庭園と何軒か

図1　シャルル・メリヨン「ポン＝ヌフ」1853-54年

の隣接の家のまわりの空間には何もなく、いきなりメリヨンは、大海のように広がるパリの代わりに、この空間を山と海の風景で飾り始める。船の帆やマストが現われ、海の鳥が飛び立ち、この幻想風景《ファンタスマゴリー》が、窓が整然と並んだ中学校の高い建物を描いたこの上なく厳密な前景、木が生えている中庭、……それに、黒ずんだ屋根の、煙突がぎっしりと並んで立った、正面が白い近くの家々の周辺を囲んでいるのだ。」ジェフロワ、前掲書、一五一ページ。——「海軍省」、馬と戦車とイルカの一隊が雲の中を海軍省に向かって進んでいる。船や大海蛇も行列に混じっている。群れの中には人間の形をした生き物もいくらか見える。「これは……メリヨンが制作した最後のパリ風景のエッチングになる。彼は、要塞のように堅固なこの建物に、このようにその夢で突撃することによって、苦労してきたこの都市に別れを告げるのである。この海軍省で若い海軍尉官の身分が登録され、人生の初期、彼は遠くの島々に出帆するのだった。」ジェフロワ、前掲書、一六一ページ■遊歩者■ [J2a, 1]

ベラルディはこう述べている。「メリヨンの制作法は無類のものだ。たいへんしっかりした、たいへん決然としたあの線の美しさ、誇り高さといい、特に何か心に迫るものがある。あの美しいまっすぐな刻み方は、聞くところによると、画架に銅版を立て、針を(剣のように)腕を伸ばして握り、上から下へゆっくりと手をおろしてやったものだという。」シャルル・メリヨン『パリ風景エッチング集』R・カスティネリによる序文「シャルル・メリヨン」[III]ページに引用 [J2a, 2]

メリヨンの二二のパリ風景エッチングは、一八五二年から一八五四年までに制作された。[J2a, 3]

パリ特産品が登場するのはいつか。　[J2a, 4]

コレラを扱ったドーミエのデッサンについてボードレールが述べていることは、メリヨンのいくつかの版画にもおそらく当てはまる。「パリの空は、大災害や政治的大混乱の際に示す皮肉な癖のままに晴れ上がっている。雲ひとつなく、激しい熱で白熱しているのだ。」シャルル・ボードレール『ドーミエのデッサン』パリ、〈一九二四年〉、一三ページ■埃、憂鬱■　**[J2a, 5]**

「空の陰鬱な丸天井」とはシャルル・ボードレールが言っていることである。『パリの憂鬱』パリ（シモン編）、八ページ（「各人キマイラを背に」）　[J2a, 6]

「ボードレールの哲学的で文学的な……カトリシズムには、神と悪魔の間に占める……中間的な場が必要だった。『冥府』（『悪の華』を思いつく前にボードレールが最初に予定した詩集の表題）というタイトルは、ボードレールの諸詩篇のそうした地理的な位置づけを示すものであり、これによって、ボードレールが定めようとした各詩篇間の順序が一層はっきりとわかるようになったのである。その順序とは、ある旅の順序、まさしく第四の旅、つまり、『地獄』『煉獄』『天国』を巡るダンテの三つの旅の後に来る第四の旅の順序なのだ。フィレンツェの詩人がパリの詩人に引き継がれているというわけである。」アルベール・ティボーデ『フランス文学史——一七八九年から現代まで』パリ、〈一九三六年〉、三三五ページ　[J3, 1]

アレゴリー的要素について。「ディケンズは……逆境の頃にしけこんだカフェについて語り……セント＝マーティン横丁にあったそうしたカフェに関してこう述べている。「私は一つのことしか覚えていない。それは、教会のそばにあって、入り口に、通行人向けにCoffee Roomという言葉が書いてある楕円形のガラスの看板が掛かっていたということである。今でもまだ、別のカフェに入っても、ガラスの上にやはり同じ文字が書いてあって、当時陰気な思いをめぐらしながらよくやったようにそれを裏側からmoor eeffocと読むと、私は気が動転してしまう。」このmoor eeffocという異様な言葉は、すべての真の写実主義の標語である。」G・K・チェスタートン『ディケンズ』(「著名人たちの生涯」叢書9)、ロランとマルタン＝デュポンによる英語からの仏訳、パリ、一九二七年、三二ページ　[J3, 2]

ディケンズと速記術。「彼は、アルファベットを全部覚えた後で、「一連の新たな謎に出会った」いきさつを語っている。「それらは、私がこれまで知ったいわゆる〝慣用〟文字の中でも一番信じがたいものだった。それらは意味を表わそうとしていたではないか、たとえばそのうちの一つは、作り始めの蜘蛛の巣のようで、予測を意味し、ロケット花火のようなもう一つのものは、不利なという意味だった」と言う。「それはほとんど途方もないものだった」と彼は結論を下している。しかし、「そのような速記者はいたためしがない」と彼の同僚のうちの誰かが言ったことを考慮に入れなくてはならない。」G・K・チェスタートン『ディケンズ』(「著名人たちの生涯」叢書9)、ロランとマルタン＝デュポンによる英語からの仏訳、パリ、一九二七年、四〇―四一ページ　[J3, 3]

ヴァレリー(『悪の華』への序文、パリ、一九二六年)は、ボードレールにおける「永遠と内奥性の」結合について語っている(XXVページ)。　[J3, 4]

『『悪の華』の著者シャルル・ボードレールのための弁明論集』(パリ、一八五七年)所収のバルベ・ドールヴィイの記事から。この三三ページの小冊子には、デュラモン、アスリノー、ティエリも寄稿しており、裁判のためにボードレールが自前で印刷したものである。「青ざめたカネポロス〔古代ギリシアで祭りの際、供物を籠に入れ、頭にのせて運んだ若い娘〕といった様で、恐怖に髪も逆立った頭に乗せて自ら運んでいるこのぞっとするような花籠に対して、詩人は、恐ろしい姿でしかも自ら怯えて、われわれに嫌悪を抱かせようとしたのである。……彼の才能は……それ自体、《デカダンス》の温室に生えた悪の華である。……『悪の華』の著者には、実際、ダンテ的なものがあるのだが、それは、一つの没落した時代のダンテであり、無神論者の現代のダンテ、ヴォルテールの後にやって来たダンテなのだ。」W・T・バンディ『同時代人たちが見たボードレール』ニューヨーク、〈一九三三年〉、一六七―一六八ページに引用　［J3a, 1］

『フランス詩人集――フランス詩傑作集成』（ウジェーヌ・クレペ編、パリ、一八六二年、第四巻「現代詩人集」）におけるゴーティエのボードレール解説。「われわれは……『悪の華』を読むとかならずホーソーンのあの物語（『ラプッツィーニの娘』）のことをつい考えてしまうのだった。……ボードレールのミューズは、いかなる毒薬も効かないが、顔色に血の気がなくくすんでいるためにその生活環境の影響が分かってしまう博士の娘と似ている。」W・T・バンディ『同時代人たちが見たボードレール』ニューヨーク、一七四ページに引用

[J3a, 2]

ヴァレリーによれば、ポーの美学の主要テーマは、構成の哲学、「人工」の理論、現代性の理論、「例外的なもの」と「奇妙なもの」の理論だという。　[J3a, 3]

「ボードレールの問題はしたがっておそらくこうであったろうし、したがってこうだったにちがいない。「大詩人となること、ただしラマルティーヌでも、ユゴーでも、ミュッセでもないこと。」私は、この決意が自覚されたものだったと言っているのではない。それは必然的にボードレールの内にあったのであり、――この決意が本質的にボードレールそのものだったとさえ言えるのだ。それが彼の国是とでも言うべきものだった。自尊心の領域でもある創造の領域では、異彩を放つ必要性が生活そのものと不可分なのである。」『悪の華』パリ、一九二八年、ポール・ヴァレリーの序文、Xページ　[J3a, 4]

レジス・メサック〈『「探偵小説」と科学的思考の影響』パリ、一九二九年〉、四二一ページ〉は、『演劇週報』一八五二年二月一日号に発表された「二つの薄明」〔『悪の華』「夕べの薄明」と「朝の薄明」〕の影響が、一八五七年に掲載が始まったポンソン・デュ・テライユの連

載小説『パリのドラマ』の何カ所かに見られると指摘している。 [J3a, 5]

『パリの憂鬱』にはじめ予定されていた題名は『孤独な散歩者』だった。——『悪の華』の場合は『冥府』だった。 [J4, 1]

「若い文学者たちへの忠告」の中の一節。「もし明日の作品のことをねばり強く考えつつ生活することを欲するなら、日々の仕事が霊感に役立つことだろう。」シャルル・ボードレール『ロマン派芸術』(アシェット社版、第三巻)、パリ、二八六ページ [J4, 2]

ボードレールは、「子どもの頃、幸か不幸か大人用の分厚い本しか読まなかった」と告白している。シャルル・ボードレール『ロマン派芸術』パリ、二九八ページ(「道義派のドラマと小説」) [J4, 3]

ハイネについて。「物質主義的感傷過多で腐敗した彼の文学。」ボードレール『ロマン派芸術』パリ、三〇三ページ(「異教派」) [J4, 4]

『パリの憂鬱』から「異教派」にまぎれこんだテーマ。「いったいどうして貧乏人たちは物乞いするのに手袋をはめないのだろうか。そうすれば貰いが多くなるだろうに。」ボードレール『ロマン派芸術』パリ、三〇九ページ [J4, 5]

「科学と哲学の間を友好的に歩むことを拒絶する文学はすべて殺人と自殺の文学であることが理解されるであろう時は遠くない。」ボードレール『ロマン派芸術』パリ、三〇九ページ（「異教派」の結論） [J4, 6]

ボードレールは、「異教派」のもとで育った子どもについてこう語っている。「彼の魂は、絶えず高ぶって飽き足りることがなく、世の中を、忙しい勤勉な世の中を、突っ切っていく。もう一度言うが、突っ切っていくのだ、売春婦のように、造形！　造形！　と叫びながら。造形というこの恐ろしい言葉を聞くと私は鳥肌が立つ。」ボードレール『ロマン派芸術』パリ、三〇七ページ。[J22a, 2]参照。 [J4, 7]

ヴィクトール・ユゴーを描いた文の一節。ここでボードレールは、版画家がエッチングの縁印でやるのと同じく、自分の印を一つの従属節〔引用末尾の「風と波により……」以下を指す」に刻みこんでいる。「ユゴーが海を描くとなれば、いかなる海洋画も彼の描いたものにはかなわないだろう。彼が描く、海面に航跡を残し、あるいは海の沸き立つ中を進んでいく船は、他のいかなる画家の描く船のどれにもまして、闘いに熱中した格闘士さながらのああした相貌、木と鉄とロープと帆布でできた幾何学的で機械的な一装置からかくも不思議に発散するあの意志と動物性とを含んだ性質を持つことだろう。人間によって作り出されたこの巨大な動物には風と波により歩みの美しさが加わる。」ボードレール『ロマン派芸術』パリ、三二一ページ（「ヴィクトール・ユゴー」）　[J4, 8]

オーギュスト・バルビエに関する表現。「霊感を受けた人々の天賦の無頓着。」ボードレール『ロマン派芸術』パリ、三三五ページ　[J4a, 1]

ボードレールは――バンヴィル論で――抒情詩人の詩の特徴を描写しているが、そのやり方は、自分自身の詩の正反対を一つひとつ示すことである。「列神式という言葉は、詩人が栄光と光との交じり合いを……描写すべき時に彼のペンから抗い難く現われる言葉の一つである。そして、もし抒情詩人が自分自身について語る機会があっても、机の上に身をかがめて……思い通りに書けない文と格闘……している姿に自分を描きはしないだろうし、……貧しい、陰気な、もしくは乱雑な部屋にいるところを描きはしないだろう。自分の死んだ姿を描こうとするときも、木の箱に入って、屍衣の下で腐っていくところを見せたりはしないだろう。それでは真実を伝えないことになるのだ。」ボードレール『ロマン派芸術』パリ、三七〇―三七一ページ　**[J4a, 2]**

ボードレールは、バンヴィル論で神話とアレゴリーを一緒にとり挙げ、続けてこう言っている。「神話とは生きた象形文字の辞典である。」ボードレール『ロマン派芸術』パリ、三七〇ページ　[J4a, 3]

現代的な《モダン》ものと悪魔的なものの結びつき。「現代の詩は、絵画にも、音楽にも、彫像にも、アラベスク芸術にも、嘲笑的な哲学にも、分析的精神にも通じている。……ひょっとしてそこに堕落のきざしを見る者があるかもしれない。だが私はここでこの問題を解明しようとは思わない。」にもかかわらず、後のページでは、ベートーヴェン、マテュリーン、バイロン、ポーを挙げた後に、次のように書かれている。「私が言いたいのは、現代の芸術には本質的に悪魔的な傾向があるということだ。そしてどうやら、人間のそうした地獄的な部分は、……日に日に増大しているようである。まるで悪魔が、飼育業者に倣い、自分用により美味な食糧を用意しようとして、自らの家畜小屋で辛抱強く人類を太らせ、人工的なやり方でその部分を肥大させるのを楽しんでいるかのようだ。」ボードレール『ロマン派芸術』パリ、三七三―三七四ページ。悪魔的なものという概念は、現代性《モデルネ》という概念がカトリシズムと結びつく場合に出現する。 [J4a, 4]

ルコント・ド・リールについて。「ローマに対する私の生来の偏愛のために、彼のギリシア詩篇を読んで味わうべきはずのものを私は一切感じることができない。」ボードレール『ロマン派芸術』パリ、三八九―三九〇ページ。地下的世界観。カトリシズム。 [J4a, 5]

ボードレールにおいては、現代的なもの《モダン》が一時代の特徴としてのみならず、一時代が直接古代を取り込むためのエネルギーとしても現われるということは大変重要である。現代性が結ぶあらゆる関係のうちでも、古代との関係は際立っている。だからボードレールは、「古きオードと古き悲劇とをここまで、すなわち、われわれの知る詩篇とドラマにまで変容させることへと……彼を導いた宿命」がユゴーのもとに働いているのを認めるのである。ボードレール『ロマン派芸術』パリ、四〇一ページ(「『レ・ミゼラブル』書評」)。こうした役割は、ボードレールにあっては、ヴァーグナーの役割でもある。 [J5, 1]

天使が不信心者を懲らしめるしぐさ。「時おり、詩人、哲学者が、身勝手な《幸福》の髪を少し引っ摑んで、その鼻面を血と汚物の中に引きまわして、「お前の仕業を見ろ、お前の仕業を見ろ」と言ってやるのは有用ではないだろうか。」シャルル・ボードレール『ロマン派芸術』パリ、四〇六ページ（「『レ・ミゼラブル』書評」）

[J5, 2]

「《教会》……誰もまどろむ権利がないあの《薬局》！」ボードレール『ロマン派芸術』パリ、四二〇ページ（「『ボヴァリー夫人』書評」）

[J5, 3]

「ボヴァリー夫人は、彼女の内にあるこの上なく精力的でこの上なく野心的なところ、またこの上なく夢想しがちなところのゆえに、……男性のままだった。ゼウスの頭脳から武装して飛び出したパラスのように、この風変わりな両性具有者は、魅惑的な女性の肉体の中に男性的な魂のもつ魅力をすべて保持したのである。」さらにこの後フローベールについて。「すべての知的な女性は、女というものをこれほど強い力にまで高めてくれたこと……また完全な人間というものの構成要素である打算と夢想という二つの性格に女をあずからせてくれたことに対して、この作者に感謝の念を抱くことだろう。」

ボードレール『ロマン派芸術』四二五、四一九ページ　[J5, 4]

「ヒステリー！　この生理学上の謎が、文学作品の基盤と本質をなして悪いことがあろうか。この謎は医学アカデミーもまだ解くに至っていない。これは女性の場合には、玉が登って来て息が詰まる感じの症状で現われ、……神経質な男性ではあらゆる無力の症状で、それにまたあらゆる行き過ぎに向いた素質という症状で現われる。」ボードレール『ロマン派芸術』パリ、四一八ページ（「『ボヴァリー夫人』書評」）　[J5, 5]

「ピエール・デュポン論」より。「いかなる党派に属する者であろうと……工場の埃を吸い……蚤や虱にまみれて眠る……この病める群衆、……太陽や大庭園の樹蔭に悲しみをこめた長い視線を投げる……この溜め息をつき衰弱していく群衆の様相に衝撃を受けないでいるのは不可能である。」ボードレール『ロマン派芸術』パリ、一九八―一九九ページ　[J5a, 1]

「ピエール・デュポン論」より。「芸術のための芸術派の幼稚な夢物語《ユートピア》は、道徳を、また多くの場合情熱さえも排除してしまったから、どうしても不毛だった。……不器用なこともあるが、それでも、ほとんどいつも偉大である一人の詩人が現われて、燃えるような言葉で一八三〇年の反乱の神聖さを宣言し、英国とアイルランドの悲惨を歌ったとき、脚韻が不十分で、冗語法が用いられている……にもかかわらず、問題は片づいたのであり、芸術はそれ以来、道徳と有用性から切り離せないものとなった。」ボードレール『ロマン派芸術』パリ、一九三ページ。これはバルビエについて述べた箇所である。　[J5a, 2]

「デュポンの楽天主義、人間が生まれながらにして善良だということへの限りない信頼、自然への熱狂的な愛情が、彼の才能の最大部分をなしている。」ボードレール『ロマン派芸術』パリ、二〇一ページ　[J5a, 3]

「私は……『タンホイザー』『ローエングリン』『さまよえるオランダ人』の中に、優れた構成法、古代悲劇の結構を思わせる秩序と配分の精神を見出した。」ボードレール『ロマン派芸術』パリ、二二五ページ(「リヒャルト・ヴァーグナーと『タンホイザー』」)　[J5a, 4]

「ヴァーグナーは、その主題の選択とその劇の手法とによって古代人に近いにしても、その表現の情熱あふれる力強さによって、目下のところ現代の気質をもっとも真正に代

表する者である。」ボードレール『ロマン派芸術』パリ、二五〇ページ　[J5a, 5]

ボードレールは、「哲学的芸術」――主としてアルフレート・レーテルを扱った論文――でこう述べている。「そこでは、場所、背景、家具、器具(ホガースを見よ)、すべてが寓意《アレゴリー》、暗示、象形文字、判じ物である。」ボードレール『ロマン派芸術』一三一ページ。続いて、ミシュレによる「メランコリアI」の解釈への言及がある。　[J5a, 6]

ジェフロワが引用しているメリヨンに関する箇所〔[J2, 1]を参照〕の変種が、一八六二年の「画家たちとエッチング制作家たち」に見られる。「ごく最近、アメリカの若い芸術家ホイッスラー氏が、……テムズ河畔を描いた……エッチングの連作を展示していた。帆桁やロープといった操帆具の見事な錯綜、霧と溶鉱炉と渦巻いて立ち昇る煙とがなす渾沌とした様、広大な一首都の深く複雑な詩情。……完璧なエッチング制作家の真の典型たるメリヨン氏が呼びかけに応じないはずはなかった。……そのデッサンの厳しさ、繊細さ、確実さによって、メリヨン氏は、昔のエッチング制作家たちにある最良のものを思い起こさせる。大きな首都の自然な荘厳さがこれ以上詩情にあふれて描かれたのをわれわれはめったに見たことがない。積み重ねられた石材の壮麗さ、天を指差す鐘楼、天空に向けて煙の同盟軍を吐き出す産業のオベリスク、修復中の記念建造物の驚嘆すべき足場が、建築のがっしりした本体に、蜘蛛の巣の如く逆説的に美しい透かしの建築となって張りついている様、怒りと恨みをはらんだ霧のかかった空、種々の〔正しくは、「あらゆる」〕ドラマがそこにあることを思わせてますます深く感じられる奥行きなど、文明の痛ましくも栄光に包まれた書き割りを構成する複雑な要素のどれ一つとして、そこでは忘れられていない。」ボードレール『ロマン派芸術』パリ、一一九―一二一ページ

[J6, 1]

ギースについて。「バイラム祭〔回教暦第九月《ラマダン》の終了直後および七〇日後に行われる祝祭〕、……その奥に、青白い太陽のように、今は亡きスルタンの絶え間ない倦怠が見える。」ボードレール『ロマン派芸術』パリ、八三ページ

[J6, 2]

ギースについて。「わが観察者は、深く激しい欲望が流れるところならどこでも、戦争や恋愛や賭けごとといった人間の心情のオリノコ河で、いつもきちょうめんに持ち場に就く。」ボードレール『ロマン派芸術』パリ、八七ページ

[J6, 3]

ギース論の中の箴言に見られるルソーの対蹠者としてのボードレール。「われわれが必要品と必需品の次元から抜け出て、贅沢と娯楽の次元に入り込むや否や、自然はもはや犯罪を勧めることしかできないのは、われわれの見るとおりである。親殺しや食人の風習を創り出したのもこの無謬の自然なのだ。」ボードレール『ロマン派芸術』パリ、一〇〇ページ [J6, 4]

「速記するのがたいへん難しい」と、ボードレールは、ギース論の中でまぎれもなくたいへん現代的《モダン》に、馬車の動きについて述べている。ボードレール『ロマン派芸術』パリ、一一三ページ [J6, 5]

ギース論の結論。「彼はいたるところに、現在の生活の束の間の移ろいやすい美を探し、先にわれわれが読者の許可を得て現代性と命名したものの特徴を探した。奇異で激しく極端であることが多いものの、常に詩的である彼は、そのデッサンの中に、《生活》という葡萄酒の苦い、あるいは刺激的な風味を巧みに凝縮したのだ。」ボードレール『ロマン派芸術』パリ、一一四ページ [J6a, 1]

「現代的なもの」の形象と「寓意《アレゴリー》」の形象を相互に関連づけなければならない。「古代美術に、純然たる技術、論理、一般的手法以外のものを学ぶ者に禍あれ！　そこにあまりのめり込めば……めぐり合わせによって得られる……特権を放棄することになる。なぜなら、われわれの独創性というものはほとんどすべて、時がわれわれの感覚にしるす刻印から生まれるものだからである。」ボードレール『ロマン派芸術』七二ページ（「現代生活の画家」）。しかし、ボードレールが語っている特権は、間接的な形で古代的なものにもやはり当てはまる。古代的なものにきざみ込まれている時の刻印が古代的なものから寓意的《アレゴリック》形状を際立たせるのだ。　[J6a, 2]

ギース論から得られる以下の「憂鬱《スプリーン》と理想《イデアル》」に関する考察。「現代性とは、一時的なもの、移ろいやすいもの、偶発的なもので、これが芸術の半分であり、他の半分が永遠なもの、不易なものである。……およそ現代的なものが古代的なものとなる資格を得るためには、人間の生活が意図せずしてそこに込める不思議な美しさがそこから抽出されていなくてはならない。G氏が特に打ち込んでいるのがこの仕事なのだ。」ボードレール『ロマン派芸術』パリ、七〇ページ。——ほかの箇所では（七四ページ）、「外的な生活のそうした伝説風な翻訳」と彼は言っている。　[J6a, 3]

詩篇のテーマが理論的散文に出て来る。「ロマン主義の日没」、「ダンディズムとは落日である。傾く太陽のように、ダンディズムは、壮麗だが熱気がなく憂愁《メランコリー》に満ちている。しかし、悲しいかな！　押し寄せる民主主義の潮流が、……これらの人間の誇りを代表する者たちを日に日に溺れさせていく。」(『ロマン派芸術』九五ページ) ――「太陽」、「他の者たちが眠っている時刻に、この男［ギース］は、自分のテーブルに身をかがめて、先ほど事物に注いでいたのと同じ視線を一枚の紙に投げ、鉛筆、ペン、絵筆を剣のように使い、グラスの水を天井まで飛び散らせ、シャツでペンをぬぐい、忙しく、荒々しく、活発なのは、まるでイメージが自分から逃げていくのではないかと心配するかのようで、一人だというのにけんか腰で、自分をせき立てるのである。」(『ロマン派芸術』六七ページ)

[J6a, 4]

新しさ《ヌヴォテ》。「子どもには何でも新しく見える。子どもはいつも陶酔している。子どもが形態や色彩を吸収する際の喜びほど、いわゆる霊感に似たものはない。……子どもたちが新しいものを前にして動物のようにうっとりと目を凝らすのは、そうした深くて喜びに満ちた好奇心のせいなのだと考えなくてはならない。」ボードレール『ロマン派芸術』パリ、